新・若さま同心　徳川竜之助【五】

薄闇の唄

風野真知雄

双葉文庫

目次

薄闇の唄　新・若さま同心 徳川竜之助

序章　消えた一家

一

庶民の町、神田（かんだ）も奥の奥である。

お城ならば、奥の奥には高貴なお方が住む。

庶民は逆である。金持ちは人目にさらされる表側に住んで、奥に行けば行くほど貧しい者が住む。

陽当たりも、風通しも悪い棟割長屋である。

ここに住んでいた一家四人――あるじの安治（やすじ）におふさという女房、それと一男一女が消えた。

引っ越したとか、夜逃げしたとかいうなら、まだわかる。

ふっ、と消えた。

いたはずなのに、じつは、いなかった。

くわしく書けば、こんななりゆきである。

その日の夕方あたりから、一家はにぎやかに唄い、踊り出した。

この長屋では、めずらしいことではない。酒を飲み、酔っ払って、唄い、踊る。あげくは大喧嘩が始まる。それは日常茶飯事。

ただ、この一家は、いままでそんなことはなかった。

「なんでえ、なにかいいことでもあったかな」

隣に住む万七（まんしち）という薬売り――当人は薬と言うが、ただの草を干したものという噂もある――がそうつぶやいた。

戸は閉じてあるが、なにせ上半分は障子という戸である。音も洩（も）れるし、踊る人影が障子紙に映っている。

四畳半と小さな板の間だけの家が、村の境内にでもなったようだった。

どんつく神のお通りだ
ぴいひゃら神もやって来た

待ちに待ってた村祭り
どんつくどんつく　ぴいひゃらら
どんつくどんつく　ぴいひゃらら

鉦(かね)と太鼓に笛の音が入り、この唄がずうっと繰り返された。

夜の四つ（午後十時）くらいになってもやまないので、隣の万七はついに業を煮やし、

「やかましい！　村に帰って、やれ！」

と、怒ったら、ぴたりと静かになった。

あまりにも急に静かになったので、怒った万七は逆に気が引けた。根はやさしい男なのである。

外に出てみると、隣の家に明かりはついているが、ひっそりしている。

そこへ、同じ長屋の熊三(くまぞう)が帰ってきた。

「なんだ？　どうした？」

「ああ、安治のところがずうっと唄をうたって騒いでいたんで、うるせえって怒鳴ったら、ぴたりと静かになったんだ」

「なにかめでたいことでもあったんじゃないのかい？」

「だとしたら、悪いことしたかな」

「そうだよ」

「じゃあ、つづけてくれていいって言うか」

万七は、外から声をかけた。

「おい、安治」

「………」

「そんな急に静かにならなくてもいいからよ。つづけてくれていいんだぜ」

「………」

「村に帰れ、とか言われて拗ねちゃったのか？　冗談だよ。だいたい、おれ、おめえの村なんか知らねえし」

「………」

中ではうんとも、すんとも言わない。

「なんだよ。返事くらいしろよ。ちょっと、ここ開けるぜ」

と、がたぴしいう腰高障子を開けた。

「あれ？」

中には誰もいない。

「なんだよ。安治の一家はいないないじゃないか」

わきから熊三が言った。

「おかしいなあ。いまのいままで、唄い踊っていたのに」

「でも、おれももどって来たところだったけど、この路地を出てった者なんか誰もいなかったぜ」

「ああ。隣にいても、出て行く気配はまったくなかったよ」

万七と熊三は、恐る恐る中に入った。

万七はぐるりと見回し、

「おい、おかしいぜ。なにもかもいっさいなくなってる。人が住んでいた気配すらないぞ」

「ほんとだ。どういうことだろう」

熊三も首をかしげるしかない。

「おい、なんだい、この毛は？」

こまかい毛がいっぱい散らばっていた。

万七はそれを指先でつまんだ。茶色っぽい、そう柔らかくもない毛である。

「こりゃあ猫の毛じゃねえよな」

「キツネの毛じゃないか？」

熊三は言いたくなさそうにそう言って、そおっと井戸のわきに目をやった。

そこには、小さなお稲荷さまが祀られている。

「え？　まさか、安治の一家って、キツネだったのか……」

万七は膝のあたりが、がくがくと震えはじめた。

二

「なんとなく町がせわしなくなってきたよな」

通りのようすを見ながら、南町奉行所同心見習いの福川竜之助は言った。

「まったくですね」

供をしている岡っ引きの文治がうなずいた。

二人は、町回りの途中で、筋違橋を渡り、外神田へと入ったところである。

「そういえば、ここんとこ、夜逃げするのが増えたそうだな」

「そりゃあ師走ともなればね」

「師走だと、なんで夜逃げが増えるんだ？」

竜之助は真顔で訊いた。

「え？　旦那。ご存じないので？」

「わからねえよ」

わかるわけがない。

町奉行所の同心見習いをしているが、じつは田安徳川家の御曹司である。嫡男ではないが、ずっと田安家の上屋敷や中屋敷のなかでお育ちになった。

「つけで買い物をしていた分を、師走にはきれいさっぱり払わないといけません。その借金が払えずに、逃げるわけです」

「あ、そういうことか」

「泥棒も増えます」

「逃げずに盗ろうってんだな」

「旦那のところも、炭だとか、酒だとか、つけで買われているんじゃねえんですか？」

「ああ。ぜんぶ、やよいにまかせてるんでな。おいらは、そういうことはまるっきりわからねえんだよ。そうだよな、そういうこともちゃんと知ってなくちゃならねえよな」

素直に反省ひとしきりである。

「なあに、どうせやよいちゃんをお嫁にするんでしょうから、まかせちゃっててよろしいいんじゃないですか」

「やよいを？」

「あれ、違うんですか？」

「冗談じゃねえ」

あんな色っぽい女を嫁にしたら、ぜったい身体は張りを失い、筋肉はこんにゃくみたいになり、せっかく会得した風鳴の剣も、遣えなくなってしまうに違いない。

それは、なんとしても避けなければならない。

「奉行所では、もっぱら、そういう評判ですぜ」

「皆、適当なことを言うからな。それに、おいらも他人には言えないさまざまな事情があるのさ」

竜之助は、難しい顔をして言った。

なにせ、許嫁がいる。

阿波蜂須賀家の美羽姫である。

とんでもなく素っ頓狂な姫さまではあるが、しかし、独特の魅力も持っている。

また、内心では、瓦版屋のお佐紀もかわいいと思っている。仕事のほうは男まさりで、頭もかなりいい。

では、同じ屋根の下にいるやよいは完全に外すかというと、

——外しちゃったらまずいんじゃないのか。

という気持ちもある。

——どうも、おいらはこと女に関しては、優柔不断なところがあるよな。

自分でもそう思う。

このあいだ読んだ『女にもてもて読本』には、優柔不断がいちばん駄目だと書いてあった。しかし、猪じゃないんだから、考えもせず突進するのはまずいだろう。

そんなことを考えながら歩いていると、

「あれ、お佐紀坊じゃないか」

文治が声を上げた。

「あ、ほんとだ」

いま、頭の中で思い浮かべた女の一人が、ちょうど目の前を横切ろうとしているではないか。

「あら、お寿司の親分。あ、福川さまも」

お佐紀が微笑(ほほえ)んだ。やはり、かわいい。それに、賢い娘に微笑まれると、試験でいい点をもらったような気持ちになる。

「なんだか、いいネタでも摑(つか)んだみたいな顔だな」

と、竜之助は言った。

「まさにそうなんです。しかも、町方の出番かもしれませんよ」

「ほう。どうしたんだい?」

「ここの路地をずうっと奥の奥まで入ったところにある長屋なんですが、一家がふいに消えてしまったんです」

「消えた？ 夜逃げかい?」

「夜逃げじゃめずらしくありません。忽然(こつぜん)と消えたんです。あとに残されたのは、キツネのものとおぼしき毛だけ」

「キツネの一家だったたっていうのか?」

それは眉唾(まゆつば)ものだろう。

「そう長屋の連中は言ってますが、わたしは信じません。ただ、話を聞くと、ほんとに変なんです。なにか悪事がからんでいるかもしれませんよ」

「お佐紀ちゃんは、それを瓦版に書こうってんだな？」

「ええ。こんな家の近くで、面白いできごとが起きたんです。ひさしぶりの大ネタなので、いっきに五百枚くらい刷って、両国、浅草、日本橋で売るつもりなんです」

「ふうん」

「福川さま。ぜひ、調べてみてください」

「そうだな。ちらっとくらいはのぞいてみてもいいけど、でも、悪事と決まったわけじゃないだろ？」

「そりゃあそうですが」

「なにか神信心でも熱心にやっていたんじゃないのかい？」

江戸には怪しげな神さまもいっぱいいたりする。

そういう宗教に嵌まって抜け出せなくなり、逃亡したのかもしれない。

「それはわたしも疑いました。でも、ふだんからなにかを拝んでいたとかいうのはなかったみたいですよ」

「ほう」

「それに、消えるまえにうたっていた唄の文句に、どんつく神とか、ぴいひゃら神って言葉が出てくるんです」

「神が？」

「でも、神ったって、真面目に信心している神さまには思えないでしょう」

「たしかにそうだな」

「そこらは福川さまのお調べにおまかせしますが、妖怪話にしても、悪事がらみにしても、この手の話は江戸っ子が大好きですのでね。売れますよ、これは」

お佐紀は嬉しそうに言った。

三

「わかってねえなあ、おめえらはよ」

と、男は言った。

湯舟に顎（あご）をのせ、いくぶんのぼせ気味でうっとりとしている。

「この国で最強の剣術というのは、じつはやくざの剣術なんだぜ」

そう言うと、聞いていた者は皆、疑わしそうな顔をしたらしく、

「疑うのかよ」

と、周囲をねめまわした。

「なんのかんの言ったって、おめえらの剣術は、しょせん道場の剣術なんだ。舞踊剣。へっ。それだって、お上品な道場剣術の一種なんだよ。習いごと。束脩払って、お師匠さま、おありがとうございってなもんだ。

それに比べて、やくざの剣はよ、はなっから斬ったはったで始めるんだ。もちろん防具なんざつけねえよ。いきなり抜き身で、てめえ、この野郎ってなもんだ。

これをガキのときからやっててみな。命なんか、どうでもよくなってくる。武士もそうだって？　武士の命なんざ屁理屈だらけだろうが。どうでもいい、くだらねえことに命は張れねえだろ？　やくざはサイコロが丸いだの、お辞儀の角度が足らねえだの、そんなことにだって命張っちまうんだ。

まず、そこで差がつくわな」

男は、熱さに我慢できなくなったらしく、ざぶっと立ち上がり、湯舟の縁に腰をかけた。背中一面の彫物が見えた。光り輝く裸の弁天さま。一糸まとわぬ立ち姿である。回りで鬼たちがひっくり返っている。色づかいといい、絵柄といい、これほど品のかけらもない彫物もめずらしい。

ただ、身体そのものは見事な肉づきをしている。筋肉は盛り上がり、無駄な脂などまったくついていない。相撲を取っても強そうである。

「しかも、やくざの剣術に卑怯という言葉はねえ。闇討ち？　もう、ぜんぜんかまわねえ。後ろからぶすり？　それは、おめえ、やくざの剣術じゃ、青眼の構えってことだぜ。ちょっと前まで、ぺこぺこしておきながら、いきなり身をひるがえしてぐさり。こんなの常識だぜ。お侍さま、ご勘弁をと土下座しながら、足首をすぱっ、だよ。油断も隙もありゃしねえ。こんな剣に勝てるか？

逃げるときは恥も外聞もねえ。そのかわりしつこいから、相手が勝ったと思って意気揚々と引き上げる背中にぶすっ。

もちろん、ちゃんと向き合ったって強えんだぜ。力はあるし、決まりってえのがねえから、どっから剣が出てくるかわからねえ。加えて、土煙は蹴り上げるわ、痰は吐きかけるわ、ありとあらゆることをやる。

な、最強の剣だってことがわかるだろ？」

男は悠然と周囲を見回した。

すると誰かが、恐る恐る異を唱えたらしい。

「なに？　最強の剣と言われているのは、徳川家に伝わる秘剣〈風鳴の剣〉だと？　しゃらくせえよ。徳川家に最強の剣なんざあるわけねえだろうが。お坊っちゃま、お強いですの剣だよ。そういう噂？　だったら連れて来いよ、徳川なんたらを。いつでもおれが相手してやっからよ」

男は大声で息まいた。

第一章　踊る泥棒

一

外神田の筋違橋界隈というのは、よそから移転してきた代地だらけで、町名もやたらと複雑に混じり合っている。

代地はたいがいが、元あったところが火事で焼けたため火除け地として没収され、代わりに与えられた土地である。そっくり町ごと移転してきたわけである。しかも前の町名をいまも使っているので、外神田なのに、麴町平河町があったり、牛込肴町があったり、やたら複雑なことになっている。

その家は、牛込袋町の代地の奥の奥にあった。

「ここらは、あっしもあんまり来たことはないですね」

と、文治が言った。お佐紀の家から近いのだから、当然、近所同士である文治の家も近い。

「なんで来ないんだ。地元の親分じゃねえか？」

竜之助は訊いた。

「そっちの佐久間町にも岡っ引きがいますし、しかも、ここらの連中は町方が出入りするのを嫌がるんですよ」

「そういうことか」

屋根同士がくっつきそうな路地を、身体を横にしながら入っていく。

姿は見えないが、路地の途中で、

「なんだ、町方が来やがったぞ」

「そっちの消えた一家のことだろう」

という声が聞こえた。確かに町方は好かれていない。

何度か曲がったり、他人の家の庭だろうというところを通ったりして、やっと行きどまりになったところに、棟割長屋が二棟並んでいた。

「ここですね」

「こりゃあ、ここから一家が消えるのは大変だな」

竜之助は感心したように言った。たしかに、どうしたって誰かに見られたり、逃げる気配を感じさせてしまう。

井戸端におかみさんがいたので、

「悪いが消えた一家の話を聞かせてもらいてえんだ」

と、声をかけた。

竜之助は、偉そうな口の利き方はしないし、なにせ外見がうっとりするくらいの好男子だから、おかみさんたちは皆、歌舞伎役者に撫でられたみたいになって、なんでもしゃべってくれる。

「ええ、安治の一家。はい、消えちまったんです」

「あんたも、ほんとに消えたと思うかい？」

「そりゃそうです。ずうっと一家で唄い、踊りしていたんですから。それで、隣の万七さんがうるせえなと怒鳴ったら、ぴたりと静まったんです。あたしはそんとき、こっちの台所の窓から、安治の家を見たんですよ。人影もぴたっと止まり、それからふっと消えました」

「ほう」

「それから、まもなくですよ。熊三さんが帰って来て、二人でその安治の家をのぞいたんです」

「そこまで見てたのかい？」

「見てましたよ」

長屋のおかみさんというのは、こんなふうにじつによく、近所のことを見ている。これが、なにかあったとき、騒いだり、あるいは証言したりして、町の治安維持に役立ってくれるのだ。

「それで、万七と熊三は家の中に入ったんだな？」

「ええ。しばらく家の中を眺めて、それから騒ぎ出したんです。安治の一家はキツネだった。皆、消えちまったって」

「ふうむ」

これは確かに騒ぎになるだろう。

と、そこへ――。

誰かが町方の者が調べに来ているとでも伝えたのだろう、

「これは、これは。ここの大家の与右衛門でございます」

初老の、易者のような髭を生やした男がちょこちょこした足取りでやって来た。

「消えた安治の一家というのは、どんなふうだったんだい？」

「三十代半ばの夫婦に、男の子と女の子の四人でした。働き者の夫婦で、亭主のほうは表の搗米屋(つきごめや)で働き、女房は漬け物づくりの名人で、樽にいっぱい漬け物をつくっては、ここらで売りさばいていました」

「じゃあ、さほど金に困っていたふうではなかったんだな？」

「ええ。この長屋で、毎月きちんと店賃(たなちん)を払ってくれていたのは、安治のところだけでした。金に余裕がないどころか、むしろ貯えもあったくらいでしょう。まったく、いちばん出て行って欲しくない一家に出て行かれてしまいましたよ」

大家がそう言うと、

「あら、あたしんとこはまだいるんだけど、悪かったね」

さっきまで話していたおかみさんが厭味(いやみ)を言った。

「ずっと唄い踊っていたんだってな？」

「そうなんです。まだ、耳に残ってますよ」

おかみさんはそう言って、唄の文句を繰り返した。

「どんつく神のお通りだ、ぴいひゃら神もやって来た、待ちに待ってた村祭り、どんつくどんつく、ぴいひゃらら、どんつくどんつく、ぴいひゃらら……ね。すっかり覚えちゃったでしょ」

なかなかいい声で、竜之助はつい、最後まで聞いてしまった。

「うまいね」

「あら、ありがとうございます」

「安治の一家は、神信心をしてたのかい？」

と、竜之助は唄い終えたおかみさんに訊いた。

お佐紀はないと言ったが、どうしても、それがいちばん考えられる事態なのだ。妙な神さまに嵌まってしまい、一家がそろって教祖さまのところに行ってしまった。

それならしっくりいく。キツネの毛は、儀式かなにかに使ったのではないか。じっさい、怪しげな神さまが唄に登場しているのだ。

「いやあ、そんなことはなかったと思いますよ」

おかみさんがそう言うと、

「あたしもそう思います。家にも仏壇や神棚はなかったはずです」

わきから大家も言った。

「家の中を見せてもらいたいんだが」

「あ、どうぞ」

「すぐに誰かに貸してしまうのかい？」

「いやあ、こんなことがあった家はふた月、三月は誰も入れないでようすを見ますよ。それでなにもなかったら入れますが」

「そりゃあ、調べるほうも助かるよ」

竜之助はそう言って、家の中に入った。

「ほんとになにもないな」

ざっと見て、竜之助は言った。

「ほんとですね」

文治も呆れた。

だが、もともと荷物は少なかったのだろう。そうでないと、ここに一家四人は寝られなくなる。

散らばっている毛も手に取ってみた。

たしかにキツネの毛のようである。

台所は板が敷き詰められている。

「ここは外せるな」

竜之助はそう言って、板を外した。

中に樽が四つほど入っていた。

「あ、漬け物樽は置いていきましたか」

と、大家が言った。

「うまかったらしいな」

「ええ。あたしも買ってました。おふささんは、漬け物づくりの名人でしたよ」

「なに漬けだい？」

「いろいろやってました。ぬか漬けも、味噌漬けも、かんたんな塩漬けも、おふささんのは一味違ったんです」

「へえ。ちっと味見したいもんだ」

竜之助がそう言うと、文治が漬け物樽から大根を出し、おかみさんに刻んでくるよう頼んだ。

切ってきたそれを食べてみる。

「あ、ほんとだ。うまい」

「でしょう」

大家も嬉しそうに手を伸ばし、大根を音を立てて噛んだ。

「とりあえず、物騒な事態は考えられないので、しばらくようすを見よう。なにか変わったことがあったら、ぜひ報せてくれ」

竜之助はそう言って、表通りに引き返した。

町回りのつづきを開始したときである。

「おい、福川！」

後ろから声がかかった。

先輩の矢崎三五郎が三人ほど岡っ引きを連れて、こっちに駆けて来るところだった。

「矢崎さん。どうなさいました」

「いっしょに来い。福川も文治も」

そう言ったときにはもう竜之助のわきをすり抜けている。

「なんか、ありましたか？」

竜之助も駆け出しながら訊いた。

「本郷だ。千曲屋という大店で、店の者たちが一晩、唄い踊るうち、三千両が消えていたんだ」

「唄い、踊るうち？」

竜之助は走りながら、文治と顔を見合わせ、首をひねった。

二

〈千曲屋〉というのは、大きなろうそく問屋で、卸しだけでなく、店頭では直接買いに来る小口の客にも売っていた。さらに、行商に回る手代もいて、かなり手広い商売をしているらしかった。

矢崎と竜之助たちが訪ねると、店は開いていたが、あるじは奥の座敷に座って、呆然（ぼうぜん）としていた。隣には、母親ではなく、内儀だろうか、女が座って、しっかりしろというふうに茶を勧めていた。

「南町奉行所の矢崎だが」

「ご苦労さまでございます」

あるじが気の抜けた声で言った。

「昨夜のなりゆきをくわしく聞かせてもらおうかい」

「はい、わかりました。数日前に、大きな取引がうまく行き、内輪の宴会を開いたんでございます」

「内輪というと？」

「店の者だけです。わたしと家内、子どもはまだ小さいので二階で寝かせておきました。それから番頭一人に手代が四人、小僧が二人、あとは台所や風呂などの仕事をする小女(こおんな)が三人です。あと、にぎやかにするため、芸者を二人呼びました。これで、十四人になりますか」

と、あるじは指を折り、

「この裏の座敷にお膳を並べ、唄ったり踊ったりしたのです。もちろん、それぞれ酒も入ってました」

「ほう」

「皆、いい機嫌になって、唄い踊るうち、すっかり寝込んでしまったのです。そして、朝方、気がついてみたら、そっちの裏庭の蔵の戸が開いていて、中から千両箱三つが消えていたというわけです」

あるじが、ここからも見えている蔵を指差して言った。

「矢崎さん、ちょっと、いいですか?」

竜之助が遠慮がちに訊いた。

「なんだよ?」

「その唄なんですけど、覚えていますか?」

と、竜之助はあるじのほうに訊いた。

「唄？」

「ええ」

「ああ、それはねえ」

思い出すような顔をしたとき、

「福川。唄のことなんか、あとにしろ」

矢崎はあるじの返答を遮って、

「いなくなったやつはいるかい？」

と、訊いた。

「誰もいません。あ、いや、芸者二人はいなくなってました」

「芸者二人だと。もろに怪しいじゃねえか」

「そうでしょうか？　身元もわかってますが」

「どこの芸者だい？」

「上野の黒門町の置屋〈もみじ屋〉に頼んでいた芸者が二人です。名前はたま子とまり子と言ってました」

「福川、文治。ちっと話を聞いて来い。怪しかったら、そのままお縄にして、こっちに連れて来るんだ」

「わかりました」

竜之助と文治は、黒門町のもみじ屋へと駆けつけた。

こぢんまりした置屋だが、中から三味線(しゃみせん)の音がしていたり、玄関口に石灯籠(いしどうろう)があったり、どことなく艶(つや)っぽい。

「ごめんよ」

と、文治が先に入った。芸者の置屋などは竜之助が苦手にしていて、さっき文治に、ここはよろしく頼むと、手を合わせていたのである。

「なんでしょうか?」

女将(おかみ)らしい女が言った。

「ここに、たま子とまり子という芸者がいるよな?」

「はい。おります。たまちゃん、まりちゃん」

「はぁーい」

二人そろって現われた。双子かと思うほどよく似ている。

「お前たち、昨夜、本郷の千曲屋にいたよな?」

「はい」

「昨夜、押し込みがあったんだ」

文治がそう言うと、

「え」

「あのあとですか？」

たま子とまり子は唖然とした。

「お前たちがいるときは、なにごともなかったんだな？」

「はい。あたしたちは、なにも知りません」

「昨夜は、皆さん、いい調子で酔っ払って、疲れているらしくすぐうとうとしはじめました。それであたしたちは一刻（約二時間）だけのお約束だから、それで引き上げましたよ。旦那が裏口まで来て、ちゃんと見送ってくれました」

どう見ても嘘はついていない。

「唄をうたったんだろ？」

竜之助が後ろから顔を出して訊くと、たま子とまり子の顔が露骨に輝いた。

「まあ、いい男」

「素敵な同心さま」

「唄のことを訊いてるんだぜ」

と、ちょっと強い口調で言った。

「ええ、唄いましたよ。凄く喜ばれて」

「どんな唄をうたったんだい？」

「いろいろうたいましたが、いちばん気に入られたのは、『いいんじゃないの』って唄でした」

「いいんじゃないの？」

「ええ。うたいましょうか？」

「ぜひ、頼むよ」

たま子とまり子はうなずき合い、三味線を抱えると、いっしょにうたい出した。

梅はまだでも　桜が咲いた
ヘビとカエルが　夫婦になった
なんもかも　それで　いいんじゃないの

歌舞伎役者が　ふられて死んだ

大工は自分じゃ　長屋が住まい
なんもかも　それで　いいんじゃないの

「それは流行（はや）ってる唄なのかい？」

「いえ、流行ってはいませんね」

「あんたたちは、どこで聞いたんだい？」

「どこでだっけ？」

と、たま子がまり子を見た。

「両国橋の上で知らない人がうたっていたんだよ。あんまり何度もうたうから、それで覚えちゃったのよ」

「あ、そうだったっけ」

「両国橋の上かあ」

それでは、見つけ出すのは無理だろう。

消えた一家の唄とはまったく違う。

向こうの唄も調子のいい唄だったが、こっちはさらに明るくて楽しい。

最後の「なんもかも　それで　いいんじゃないの」というところが、凄く陽気なうたいっぷりで、やけに耳に残る。

置屋を出たあとも、竜之助の頭のなかで、しばらくその唄が聞こえていた。

三

竜之助と文治は、本郷の千曲屋に引き返すことにした。

その途中、

「あれ、千曲屋の旦那の隣にいたのは、お内儀なんですかね」

と、文治が言った。

「うん、そうだろう」

「お内儀のほうが、けっこう歳上じゃなかったですか」

「そうだな」

竜之助もそう思ったが、しかし、そんなことは訊きにくい。

「しかも、旦那はいい男でしたが、お内儀は言っちゃなんだが、おへちゃでしたね」

「まあ、そうだが、しかし、美醜の基準なんてものは、人それぞれだしな」

「そりゃそうですが、ああいうのは、たぶん、先代の娘に手代をくっつけたって場合が多いんですよ。もちろん、先代は娘にせがまれたんです。おとっつぁん、手代のなにやらを跡取りにして、とかなんとか」

「なるほど」

竜之助は、文治の一人芝居みたいな言い方に笑った。

「だが、そんなことは確かめにくいよ」

「でも、矢崎さまなら訊けるかもしれませんよ」

「いやあ、矢崎さんだって訊けないよ」

「そうですよね。そういうことは、いくら矢崎さまでもね」

そう言いながら、千曲屋に入ると、矢崎はおらず、吟味方（ぎんみかた）の同心戸山甲兵衛（とやまこうべえ）がちょうど、

「ところで、旦那はご養子じゃないかい？」

と、面と向かって店のあるじに訊いたところだった。

「福川さま。戸山さまが訊いてますよ」

「ほんとだ。凄いな、戸山さんは」

竜之助と文治は思わず目を瞠（みは）った。

「ええ。あたしは養子です」

と、あるじがうなずいた。

「やっぱり」

「誰かにお訊きになりました？」

お内儀のほうが訊いた。

「なあに、おいらは、こういうのをしょっちゅう見てきてますのでね。けっこうお内儀さんのほうが、歳も上じゃないですか？」

「当たりました。わかりました？」

「そりゃあ、お内儀さんのほうが歳上ってのは一目でわかりますよ」

「………」

お内儀の顔がひきつった。

そんなことはまったく気にせず、

「いくつくらい上なんです？」

と、戸山はさらに訊いた。

竜之助は驚いた。だが、訊いた戸山は、けろっとしている。

「歳のことなんか、泥棒の調べに必要なんですの？」

お内儀は憮然（ぶぜん）として訊いた。

「いや、おいらたちはあらゆることに目を向けながら、真相に迫っていくものでしてね。言いたくないならいいんですよ。番頭や手代に訊きますから」

「言いたくないです。歳上なのが、悪いですか？」

「悪いなんて言ってないよ。ただ、おいらは、いなくなった芸者と旦那の仲を知りたくなったもんでね」

「あたしと芸者？　なにを言ってるんですか？」

あるじは素っ頓狂な声を上げた。

「なんの関係もないってえのかい？」

「な、ないですよ」

あるじはすこし慌てた。

「おかしいなあ、内輪の宴会に店のあるじが芸者を呼んだ場合、おいらの経験によると、十中八、九は、あるじとその芸者はできている」

戸山が偉そうにそんなことを言うと、

「まあ」

隣で聞いていたお内儀が、不安そうにあるじを見た。

「ご、誤解だぞ、そんなことは。同心さまの勝手な妄想だ」

「それにしちゃあ慌て過ぎじゃねえか」

戸山がからかうように言った。

なんだかひどく険悪な雰囲気になりそうだったので、

「いま、帰りました！」

竜之助は大きな声で言った。

「おう、福川か」

「矢崎さんは？」

「この先の駒込あたりで、辻斬りが出たんだよ。それでそっちに駆けつけたんだ」

「辻斬りが？」

「本当はおいらがそっちに駆けつけるはずだったんだが、表にいた矢崎とばったり会ってな。いまから辻斬りの現場に向かうと言ったら、そっちを担当させろと言ったんだ」

「ははあ」

矢崎が派手な事件を担当したがるのは、いまに始まったことではない。

「ちらっとこっちの事件を聞いたら、なかなか面白そうじゃねえか。それで替わってやることにしたのさ。福川のこともよろしく頼むと言ってたぜ」

「でも、戸山さんは吟味方なのに、いいんですか？」

「いいんだ。まもなく、おいらの捕物の腕が買われ、正式に外回りを担当させられそうなのさ」

「そうなんですか」

「なんだ、やけに嬉しそうだな」

竜之助のとまどいを見て、からかっているのだ。

「え、いや、ははは」

こういうとき、口下手な竜之助は、どう返事したらいいか、わからなくなる。

「それで、どこに行ってたんだ？」

「はい。昨夜、ここに来て、途中でいなくなった芸者の話を聞いてきたんです。たま子とまり子という若い芸者なんですが、とくに怪しいことはありませんでした。なんでも、皆がうとうとしはじめたので、約束の刻限は過ぎたし、疲れているだろうと、途中で帰っただけだと言ってました」

「そうなのか」

「旦那も裏口まで来て、ちゃんと見送ってくれたとか」

「あ、そういえば、そんな覚えが」

と、旦那は言った。

「どうも、同じ唄を繰り返しうたっているうち、酔いがひどくなって寝てしまったんです」

「あたしもそうだよ。調子のいい唄で、途中でやめられなくなるんですよ」

お内儀もうなずいた。

竜之助は、なんとなく神田のあの一家のことを思い出した。

「どんな唄だった？」

と、戸山が訊いた。

「ええとですね」

さっきの唄声がまだ残っているので、竜之助は軽く口ずさんだ。

なんもかも　それで　いいんじゃないの

「え？　うたい方、違いますよ。こうですよ」

お内儀が手を叩きながらうたった。

なんもかも　それで　いいんじゃないの

「この最後のところが繰り返されるんですよ」

「なかなか粋な唄じゃねえか」

「ええ。この唄、流行るかもしれませんね」

お内儀は、うたったあとはなんだか楽しげで、三千両を盗まれたことを忘れたみたいだった。

四

戸山甲兵衛は、盗まれた千両箱があった蔵の前に行き、

「福川、ちっと来い」

と、手招きをした。

「なんでしょうか?」

竜之助が近づくと、

「福川、おめえ、この事件をどう見た?」

肩に手を回し、小声で訊いた。

「え？　どうもなにも、おいらはまだほとんど調べたり、ここの人に話を訊いたりしていませんので」

「おいらだって、いっしょだ」

「はあ。唄はやっぱり気になりますね」

「唄？　さっきのか？」

「はい。じつは、神田の牛込袋町の代地にある長屋から、一家四人がうたい踊っているうちにいなくなるというできごとがありまして」

「同じ唄か？」

「いえ、違います」

「だったら関係ねえだろうよ」

「ですが、数日のあいだに似たような」

「江戸のなかでいったいどれだけの人が、夜、唄をうたってると思うんだ？　そんなのより、おいらはあの夫婦に睨みをつけたぜ」

「夫婦にですか」

「ああ。あんなに器量も歳も、そして人柄もちぐはぐな夫婦はねえ」

「夫婦などそういうものじゃ」

「おめえ、独り者だろうが」

「そうでした。すみません」

それを言われると、返す言葉はない。

「あるじは間違いなく、どこかに妾を囲っている。それは、一人か、二人か、三人か、四人か」

「ずいぶんいるんですね」

「ああ、悔しいけどな」

本当に悔しそうに言った。

「そこに下手人が？」

「いや、それはまだわからねえ。しかも、あるじに妾がいれば、女房のほうにも男がいる。これは世の鉄則だ」

「そうなので？」

「ああ。だが、あのお内儀では、若くていい男というのは難しい」

「それはひどい決めつけです。ふっくらして母親のような女に憧れる若い男もいますよ」

「いねえよ、そんなのは」

竜之助の意見を一蹴(いっしゅう)し、

「おそらく三十くらい歳上の、律義で口の堅い、昔、寺子屋の師匠をし、最近は下駄の鼻緒売りとかをしているような男とできてるものなんだ」

「はあ」

「そこらを当たってみる。まあ、下手人の捕縛まで二日あればなんとかなるか」

「凄いですね」

「福川。おめえは勝手に調べを進めてくれ。いっしょだと邪魔になったりするんでな」

「わかりました」

戸山の手伝いではないことに、内心、ホッとした。


「文治。あの唄のことを知りたいんだ」

と、竜之助は言った。

「どうだっていいとかいう唄ですか？」

「うん、まあな。ほんとは、なんもかも、それで、いいんじゃないのという文句だがな。それと、消えた一家がうたっていた唄も」

違う唄ではあるが、どことなく似ている気もするのだ。

あの明るい調子や、聞いたことがない音階もそうである。

「唄ねえ」

「どこでうたわれるんだろう？」

「そりゃあ、唄といえば吉原でしょうね」

「吉原ってえと、あの、浅草の向こうの？」

「ええ、あの吉原です」

「……………」

自分の顔がひきつるのがわかった。

じつは行ったことがない。あまり興味もない。もちろん、女にはもてたいが、そこは恋ごころが介在していなければ嫌なのである。お金で女と付き合うことを、他人はともかく、自分は許せない。

ただ、それよりなにより、ああいうところが怖い。

敵が十人ほど待ち構える決闘の場に行くより、吉原に行くほうが怖い。

だが、いい歳をした男が、

「吉原が怖い」

　とは言えない。

「文治。おめえ一人で行って、あの唄のことを訊いてきてくれ」

「旦那。吉原と言っても広いですよ。一人では無理ですって」

「そんなに広いのか？」

「四つの町があって、そこに遊郭がびっしりですよ。女の数はおよそ三千から四千。そこに旦那のような、若くていい男が行こうものなら、寄ってらして、寄ってらしてと、腕は取られるわ、足にすがりつかれるわ、まず、まともに歩けるかどうか」

「いやあ、それは」

　もしかして、文治は竜之助が怖がっていることを知っているのかもしれない。

「大丈夫ですって。怖くなんかありませんから」

　文治は、にやっと笑って言った。

　やっぱり知っていた。

五

「あ、そうだ」

文治は手を叩いた。

「なんだ？」

「昔、吉原で花魁をしていたけど、いまはおでん屋をしている女を知っていま
す。あいつなら、吉原で流行った唄もぜんぶ知っているでしょう」

「うん。その人に訊こう。どこだい、場所は？」

「神田明神のわきです」

「おう、近くていいや」

吉原の危機を逃れたので、勢い込んで飛び出した。

「ここです」

と、文治が指差したのは、小さな店でまだ開いていない。

だが、おでんの仕込みの最中だった。

「あら、寿司屋の親分」

「寿司屋の親分じゃ、わけわからねえだろうよ。じつは、唄の得意なあんたに訊

きてえことがあって来たんだ。こちらは同心の福川さまだ」

「あら、まあ、おきれいな同心さまですこと。はい、はい、唄のことならなんでも訊いてくださいよ」

嬉しそうに言って、「昨日の残りだけど」と、ちくわを一本ずつごちそうしてくれた。

「じつは、唄のことを調べてるのさ」

「唄のことならなんでも訊いてくださいよ。うたえる唄は、およそ五百ほど」

「それは凄い。じゃあ、文治。ちっとうたってみてくれ」

「あっしは駄目ですよ。唄を覚えるのが苦手で、すぐ忘れちまうんで」

「じゃあ、おいらがうたうよ」

竜之助は一、二度、咳払いをすると、あの唄をうたって聞かせた。

なんもかも　それで　いいんじゃないの
なんもかも　それで　いいんじゃないの

「え？　そんな唄あります？」

女将は妙な顔で訊いた。

文治がなんだか変な顔をしている。

「あるからうたってるんだろうよ」

「もう一回お願いします」

梅はまだでも　桜が咲いた
ヘビとカエルが　夫婦になった
なんもかも　それで　いいんじゃないの

今度は前のところもうたった。

「それ、お経ですか?」

「お経じゃないよ」

「旦那。もしかして音痴?」

「音痴ってなんだよ」

「唄がものすごく下手な人」

「いや、このあいだ、どどいつを習ったけど、いい喉をしてるって褒められたぜ」

「じゃあ、そのどいつ、聞かせて」

一つだけ覚えているのを唄った。

浮名立ちゃ　それも困るが　世間の人に　知らせないのも　惜しい仲

女将は思いっきり呆れた顔で言った。

「ああ、喉はたしかに悪くない。でも、唄はひどい」

六

「唄は音階がわからないと、どういう唄かわからないのか」

竜之助はがっかりして言った。

おでん屋の女将には、それじゃ誰に訊いてもわからないと断言されたのだ。

「そんな情けなさそうに言わないでくださいよ」

「いやあ、おいらが音痴というものだったとは、今日初めて知ったよ」

「あっしだって似たようなものですから」

文治がなぐさめた。

「でも、音痴の男二人が唄を調べてまわるのには無理がねえか」

「たしかに」

「なんか手はねえかなあ」

「誰かに手伝ってもらうしかありませんよ。そうだ。やよいちゃんに覚えてもらって、いっしょに回ってもらうのはどうです？」

「いや、やよいも唄は駄目だと思うぜ。鼻唄だってあんまり聞いたことがねえもの」

そう言ったとき、一人、思い出した。

――蜂須賀家の美羽姫がいた……。

竜之助が知っている人のなかで、いちばんそっち方面に詳しいのは、たぶんあの姫である。なにせ、自分が一日芸者になろうとしたくらいなのだ。

だが、あの姫を文治に会わせるわけにはいかない。なぜなら、竜之助の素性を知られてしまうからである。

「文治。ここはお互い知恵をしぼって、なんとかしてみよう。音痴二人がいっしょに歩いていたって無駄だ」

「そうですね。あっしも文句だけを頼りに、ちっと根津(ねづ)の遊郭あたりで訊いてみます」

「おう、頼んだぜ」

と、神田明神の前で文治と別れた。

その足で、竜之助は築地(つきじ)の蜂須賀家の下屋敷へ向かった。


こんなおかしな頼みを、あの美羽姫が引き受けないわけはないと想像したが、案の定である。

「まあ、竜之助さま。よくもそのような面白い話を」

と、二つ返事で引き受けた。

駕籠(かご)を雇おうかと思ったが、美羽姫は姫にはあり得ないほど足が達者で、湯島(ゆしま)の坂も息切れ一つせず上り、本郷の千曲屋に着いた。

お内儀を目立たないところに呼び出し、例の唄をうたってもらった。

「あら、いい唄ね。それにお内儀さんの唄もお上手」

お内儀は褒められて調子に乗り、繰り返そうとしたが、

「うん、もういいわ」

と、美羽姫は止めた。

「え？　一度しか聞いてないだろうよ？」

「わらわはたいがいの唄なら一度聞けば覚えられるの」

じっさい口ずさんでみせた。

「これを音痴のおいらが人に聞いてもらって、知っているかを訊ねるには、どうしたらいいと思う？」

築地に引き返す途中、竜之助は訊いた。

「わらわが竜之助さまといっしょに行って、わきでうたえばいいじゃないですか」

美羽姫は軽い調子で言った。

「いや、そんなわけにはいかねえ」

蜂須賀家の姫を、押し込みの調べのために連れ歩くなどということは、いくら田安徳川家の者でもまずい。

「だったら、かんたんな楽器でこの音階を再現すればいいでしょ」

「楽器なんかどれもできねえよ」

「笛は？」

「吹けねえよ」

「では、かんたんなものをつくってあげますわ」

下屋敷にもどると、美羽姫は竜之助を待たせたまま、なにやらつくり出した。

「これでいいわ」

と、見せたのは、本当にかんたんな楽器だった。

棒が一本。両端に小さな釘が打ってあって、三味線の糸が通っている。ところどころに、〈い、ろ、は、に、ほ〉の印がついている。

「これで、〈い〉の印をつけたところを押さえながら、こっちを爪ではじきます」

と、やって見せた。

ぽろん。

と、音が出た。

「次は〈ろ〉のところね」

別の音が出た。

「あの唄は、五つの音階しか使っていないから、かんたんなの。それで、こうよ、いろはにほろほに……」

言いながら爪弾くと、ちゃんとあの唄になるではないか。

「凄い」

竜之助は素直に感心した。

「線が一本だけの三味線みたいなものですよ」

美羽姫はこともなげである。

唄の文句のわきに、その「いろは」を書いてもらった。

これで、この唄の謎を解くのはずいぶん楽になったはずである。

七

手始めに、神田明神のわきのおでん屋の女将に聞いてもらった。

「あら、面白いものをこさえましたね」

と、感心したが、この唄は知らない。

「端唄（はうた）でも小唄でもない。なんだろう？」

「五百覚えている中にもないかい？」

「ええ。あたしは江戸で流行った唄なら、ほんとになんでも知ってるんですよ。あたしが知らないとなると、馬子唄（まごうた）とか、田舎の盆踊りの唄とかくらいです」

「なるほど、田舎の唄か」

田舎の人が多いのは、外神田の旅籠町や日本橋北の通旅籠町などの宿屋である。行き当たりばったりに入っては、あるじや客に聞いてもらった。

だが、皆、首をかしげるばかりである。

暮れ六つ（午後六時）の鐘が鳴ったので、いったん奉行所にもどり、先輩同心の指示を仰ぐことにした。

だが、駒込の辻斬りを調べている矢崎三五郎もまだもどっていないし、本郷千曲屋の戸山甲兵衛もまだである。

「遅いですねえ」

先輩たちが帰って来ないと、竜之助も八丁堀の役宅には帰りにくい。なにせまだ見習いの身分である。

腹も減ってきた。

「どうしたんだろうなあ」

竜之助が首をかしげていると、与力の高田九右衛門が顔を出し、

「まだ帰らぬのか？」

と、訊いた。

「矢崎さんと戸山さんがまだですので」

「あいつらのことだ。どこかに立ち寄って飲んだくれてるに決まっているさ。よい、わしが許す。もう帰れ」

「はあ」

だが、今日の今日に起きた辻斬りと押し込みである。

いくら矢崎や戸山がちっとはみ出した性格であるにしても、飲みにまでは行かないのではないか。与力への報告もあるし、明日の調べの手順だって決めなければならないはずである。

なんとなく不安になり、本郷の千曲屋へ行ってみることにした。

千曲屋は、戸締りが終わっていた。

「なんだよ。やっぱりいないのか」

こうなると、飲み屋に行ったという高田の推察が当たっているのかもしれない。

がっかりして帰ろうかと思ったが、

――ん？

中から呻（うめ）き声が聞こえた気がした。

「あれ？　誰か、そのあたりにいるのかい？」

戸を叩き、声をかけた。

「だ、誰か……」

なにか言っている。いまのは、矢崎の声に似ているような気もした。

――え？

矢崎は駒込に行ったはずである。

胸騒ぎがしてきて、戸を探ると、下半分が開くところがあった。

中から出てきた空気に血の匂いを感じた。

「町方の者だ。入らせてもらうぜ」

声をかけ、提灯を先に突き出した。

店の土間に足が見えた。人が倒れているのだ。

「どうしたんだ？」

竜之助は、警戒しながら中に入った。

土間に倒れている男に提灯の明かりを近づける。

「矢崎さん！」

声をかけると、うっすらと目を開けた。

「福川か。遅いよ、おめえ」

「斬られたのですか？」

「わからねえ。胸が痛む」

見ると、どこも血は出ていない。峰打ちでやられたのかもしれない。

「どうしたんですか？」

「わからねえ。だが、ほかにもやられたのがいねえか？」

「見てきます」

竜之助は、土間から店先の畳の間に上がり、さらに奥へ向かった。

血の匂いがひどくなってくる。

廊下に一人倒れていた。

「戸山さん！」

助け起こすと、

「糞（くそ）っ、ひでえ目に遭（あ）った」

と、口を利いた。

どこも斬られていないようなので、さらに奥へ進んだ。

「これは……」

竜之助は声を失った。

店の者が四人倒れていた。

こっちは峰打ちなどではない。いずれも肩や腹などを斬り刻まれ、血まみれになっていた。

第二章　奇妙な辻斬り

一

竜之助はまず、斬られた者のなかに、誰か息のある者はいないかと、一人ずつ確かめた。

だが、皆、すでに死んでいた。

それで、まずは表に出て、近くの番屋を見つけ、

「南町奉行所の福川だが、そこの千曲屋で男が四人殺された。すぐ、奉行所まで報せてもらいたい」

「わ、わかりました」

番太郎が慌てて飛び出そうとするところに、

「ほかに怪我人もいるので、小者などもできるだけ多く連れて来てもらいたいとな」

そう伝言した。

番太郎が駆けて行くのを見て、すぐに千曲屋へもどり、奥の部屋を注意深く検分した。

ろうそく問屋だけあって、太いろうそくを使った行灯の明かりがある。その明かりに浮かび上がっているのは、凄まじい光景である。

十畳と八畳のつづきになっているが、ここは襖から壁から血が飛び散っている。

その血は乾き切っておらず、ろうそくも燃え尽きていない。まだ一刻と経っていないはずである。

驚いたのは、斬られた者の中に、武士が一人混じっていたことである。

最初、この店が用心棒でも雇ったのかと思った。

だが、歳はまだ二十代と思える若さで、ちゃんと月代を剃り、羽織袴をつけている。用心棒を稼業とする浪人者には見えない。

しかも、この武士は二刀を差しているが、手にしているのは長刀だけで、小刀は鞘はなく、店のあるじの新右衛門が摑んでいた。

また、手代の一方も小刀を手にし、これは鞘なども見当たらない。

——もう一人いたのか？

竜之助は、提灯で照らしながら、下をよく見た。廊下のほうまで血が垂れている。

血の滴りは表の店の土間までつづき、ここらで自分で血止めをし、外へ出て行ったらしい。いちおう表の地面も見たが、血のあとは見当たらなかった。

もう一度、奥にもどった。

——まだ、ほかにもいるのか？

いちおう二階ものぞいたが、ここは変わったことはない。

それから奥の出入り口から蔵や離れがある中庭へ出た。

奇妙なことに、離れのほうを見ると、明かりがあり、なんと楽しげな声までしているではないか。

——母屋の惨状に気づいていないのか。

だいたいが、昨夜、三千両も盗まれたわりには暢気なものである。

離れの前に立ち、

「ごめん」

竜之助がそう外から大きな声をかけると、

「きゃあ」

と、悲鳴が上がった。

「怪しい者ではない。昼間も来た南町奉行所の者だ」

おずおずと玄関口に出てきたお内儀が、

「ああ、同心さま。まだ、いらっしゃったのですか？」

と、ろうそくの火を竜之助に向けた。

「表でなにが起きたか、わからないでいたのか？」

「表で？」

きょとんという顔をした。本当に知らないらしい。

「では、お内儀だけ」

いまのまま見せるには忍びない。

「じつは、表にまた押し込みが入り、あるじたちが斬られて亡くなっている」

「なんですって！」

表に行こうとしたので、

「いまはまだご覧にならないほうがよい」

と、止めたが、

「いえ、夫ですよ。どんなになっても」

竜之助を押しのけた。

だが、さすがに奥の間のところまで来ると、血しぶきの凄さに足がすくみ、部屋の入り口のところで倒れるように泣き崩れた。

まずは、いかに痛みがひどかろうと、矢崎と戸山には奥の現場を見てもらわなければならない。

肩を貸して、帯をつかみ、吊り上げるように、二人を順に奥へ連れて行った。

「なんてこった」

「嘘だろう」

二人とも愕然（がくぜん）として声もない。

「どうなっているんです？」

と、竜之助は二人に訊いた。

「いろいろ話を訊いたりするうち、暮れ六つになり、店じまいすることになった。それで今日はここまでにして、明日またつづきをやることにしようと帰り支度をしていたとき、矢崎がやって来たのだ」

　戸山がそう言うと、矢崎もうなずいた。

「小者たちを先に帰し、おれたちは店の前で、この押し込みと駒込の辻斬りについて話をしていた。すると、二人連れの武士が、いまにも店を閉めようというところに、中へ入って行ったのさ」

「二人の武士が……」

「おいらは、なんとなく気になった。というのも、駒込の辻斬りの下手人が、二人連れの武士だったからさ」

　と、矢崎が言った。

「そうなんですか」

「わしのほうも、じつは調べている途中で、この押し込みのことを、奉行所の者ではない、二人連れの武士が訊いてまわっているという話を聞いていたのさ。それで、あいつらのことではないか、と思ったのだ」

　戸山は苦しそうに顔を歪めたが、

「それで、その二人のあとから中に入り、二人にどういう用事か訊ねようとしたら、矢崎が先に抜き打ちに斬られたんだ」

「ああ、不意打ちでどうすることもできなかった」

矢崎は呻くように言った。

「だが、矢崎さんは斬られていませんよ」

と、竜之助は言った。

「どういうことだろう？」

「ほんとに、抜き打ちだったので？」

「それは間違いない」

矢崎は断言した。

だとしたら、奇妙である。ふつうなら、抜き打ちで斬れば、傷がつかないはずはない。峰打ちにするためには、抜いた刀を、いったん峰を返すように持ち替えないといけない。

もともと刃をつぶした、変わった剣もあるが、それでは奥の部屋のようなことは起きない。

「ということは、逆手（さかて）で抜いて、そのまま叩きつけたか、あるいは抜きやすい小刀のほうをあらかじめ逆にして抜いたか」

「そんなことが、咄嗟にできるのか？」

「相当な遣い手だったのでしょう」

「わしのほうは、矢崎がいきなり倒れたのを見て、店の者に逃げるよう声をかけようと奥に飛び込もうとしたとき、後ろから肩を斬られた」

「でも、戸山さんも」

「ああ、峰打ちらしいな」

だが、二人ともそれで気を失ったくらいだから、相当な一打だったのである。

「みっともねえ」

「不覚だった」

二人とも痛みだけでなく、悔しさもあってだろう、がっくりうなだれてしまった。

「いや、仕方ありませんよ。そんなことより、お二人とも、そこで倒れている武士の顔を確かめてください」

と、竜之助は指差した。

「そいつだ。いきなりおいらに斬りつけたのは」

矢崎がうなずいた。

「やはり、そうですか」

「なんで死んでるんだ？」

「店の者と斬り合ったみたいです」

「店の者と……」

町方の同心が一太刀で気を失わされたのに、町人が斬り合って倒したということになる。武士にとって屈辱以外の何物でもない。

矢崎は力なく首を横に振った。

二

表が騒がしくなった。

奉行所から援軍がやって来たのだ。

同心は、定町廻りの大滝治三郎と、臨時廻りの坂井又右衛門。それと宿直の者が駆り出されたのだろう、吟味方の同心も二人いた。

小者も十人ほど連れて来ていた。

あとから与力の大江松五郎と検死役の同心も駆けつけて来るという。となれば小者の数も増えるだろう。

「福川、四人殺されたんだと？」

大滝が訊いた。

「ええ」

「なんだ、矢崎と戸山もいたのか」

「……………」

「おぬしら、賊にやられたのか？」

大滝は情けなさそうに言った。

「……………」

いつもなら勢いのいい二人も、さすがに返す言葉がない。

「お二人にはすでに話を聞きました。医者に怪我のようすを診(み)てもらったほうがよろしいかと」

竜之助がそう言うと、

「そんなことはいい」

「ここにいる」

二人は言い張ったが、すでに顔色は真っ青で脂汗が流れている。

「一度、医者に診せ、それから役宅へ連れて行け」

大滝がそう言って、小者に駕籠を呼びにやらせた。

まずはしばらく、奥のようすをくわしく記録しなければならない。それは吟味役の同心が引き受け、竜之助はいままでわかったことを大滝たちに報告した。

大滝は奇妙な顔をし、

「え？　昨夜、三千両が盗まれたんだよな？」

と、訊いた。

「はい」

「そして、今宵また、押し込みがあり、今度はあるじや手代たちが殺された？」

「そうですね」

「三千両の盗みと、殺しと、どういう関係があるのだ？」

「まだ、なにもわかりません」

「しかも、二人の武士と、この店のあるじと手代が戦ったと？」

「いまのところは、そうとしか思えません」

もしかしたら、ほかに矢崎たちが見ていない者もいて、それが戦いに加わり逃げ去ったかもしれない。だが、竜之助が見た限りでは、ほかに人がいた形跡はなかった。

「しかも店の者たちは武士二人の小刀を奪って奮戦し、自分たちもやられたが、一人は倒したと？」

「そういうことになると思います」

「矢崎と戸山を一撃で倒したようなやつらを相手に？」

「ええ」

「矢崎も戸山も、どちらも腕は立つし、決して腰抜けではないぞ」

「わかっています」

それは竜之助も認める。二人とも、いくらか頓珍漢なところはなきにしもあらずだが、巷の悪党や浪人者などにむざむざやられる人ではない。

「ううむ。もう一人の武士は？」

「怪我はしましたが、外へ逃げたようです」

「なんと」

大滝はこの周辺の番屋や辻番に、怪我をした武士が通らなかったか、小者数人を聞き込みに行かせた。

三

与力の大江松五郎と、検死役の同心が到着したので、全体の指揮はまかせ、大滝と竜之助は内儀の話を訊くことにした。

二人の子どもがいて、男の子が七歳で、女の子が四歳。

それとお内儀の実母も同居している。

この三人には詳しいことは伝えず、離れの二階で休ませた。

また、離れの一階には、小僧二人に小女三人もいて、かんたんに話を訊いたあと、この者たちも寝てもらった。

お内儀はさっきまで泣きじゃくっていたが、いま涙は止まり、呆然（ほうぜん）としている。

「つらいだろうが、下手人を捕まえるため、いろいろ話を聞かせてもらいてえんだ」

大滝が静かな声で言った。

「ええ、どうしてこんなことに……」

「表であんな斬り合いがあったのに、まるで気づかなかったのかい？」

「まったく気づきませんでした。悲鳴とか聞こえた覚えもありませんし」

あれだけの戦いがほとんど無言でおこなわれたのだ。

これが竜之助には、いちばん驚くべきことである気がした。

「いつまでも来ないのはおかしいと思わなかったのかい？」

大滝はさらに訊いた。

「三人でお酒でも飲んでいるのだろうと思ってました」

「外に行ったのだと？」

「外か、あるいは家の中でも」

「あるじと手代は仲がよかったのかい？」

「よかったです。同郷だというので、新右衛門が雇った人たちでした」

「ひどい殺され方だったが、あるじもずいぶん抵抗したみたいなんだ。二人のうち、一人は殺しているし、もう一人は逃がしたが、怪我も負わせた」

「そうなんですか？」

「あるじは剣術でも習っていたのかい？」

「いいえ。そんなことはまったく」

「じゃあ、手代たちか？」

「いえ、手代も剣術なんて習っていなかったと思います」

この返事に、大滝は首をかしげ、竜之助を見た。

「あるじの新右衛門さんは、ご養子だったんですよね？」

と、竜之助が訊いた。

「はい、そうです」

「この店には昔からいたんですか？」

「いえ、十年前に、亡くなったわたしの父が、雇ったのです。働き口を捜しに来て、ろうそくに詳しかったので雇うことにしたと言ってました」

「いっしょになったのは？」

「それから二年ほどしてからです」

「手代に入って、二年しか経ってなかったんですね」

「ええ。父が新右衛門を気に入って、跡継ぎにしたいと言い出したのです。うちは弟がいたのですが、早くに亡くなって、子どもはわたし一人だけになってましたので」

「そうですか」

「皆、あたしのほうが歳上で、なんか五つも六つも歳上みたいに噂されているみたいなんですが、じっさいは二つ違いですし、しかも、あたしがご覧のとおり器量がよくなくて、新右衛門はわりに見映えがするもんだから、無理やり養子にされたんだとか思われるんです。同心さまもそう思われたんでしょ？」

「いえ、そんな」

戸山のひどい推測を聞いていたから、慌ててしまう。

「なんか、昼間いろいろ訊かれた同心さまは、三千両盗られたのもあたしが悪いみたいな言い方までなさって」

「いや、そんなことありませんから」

だが、たしかに戸山はそういう言い方をしていた。

「無理やりでもなかったんですよ。うちの父が、あんな器量でもかまわないかいって新右衛門に訊いたら、あたしは器量なんか気にしませんって」

「そうですよね」

と、竜之助はうなずいた。だが、そこで認めるのは、内儀の器量がよくないと言ったようなものかもしれない。

「それで婿に入ったけど、新右衛門はきっとよそで妾をつくり、ほんとはそっちに入り浸りなんだとかも言われるんですが」

「そんな」

だが、あまりにも戸山の言ったことと一致する。

「でも、うちの人、妾なんかいなかったし、外に泊まったことも、いままで一度だってなかったんです。子煩悩(こぼんのう)でいい夫だったんですよ」

内儀はそう言って、ひとしきり泣いた。

竜之助も、つらくて見ちゃいられない。

「昨夜は妙な泥棒に入られましたよね？」

「そうなんです。ふた晩もつづけて、こんなとんでもないことが」

「昨夜のようすをもう一度聞かせてもらえませんか？」

「あたしもよくは覚えていないのですが」

「寝てしまった？」

「ええ、だって、皆、お酒が入って、いい調子の唄がうたわれて。また、あの唄って妙にいろんなことがどうでもいいやって気分にさせるんですよね。そんな文句でしたでしょう？」

「ええ、そうですね」

なんもかも、それで、いいんじゃないの、という気持ちになってしまったのだろう。

「あたしが眠くてたまらず離れに引き上げるころには、座敷でもずいぶん寝ている者がいましたよ」

「ところで、賊はどこから入ったんでしょうね」

と、竜之助は訊いた。

なんせ、戸山に邪魔者扱いされ、もっぱら唄のほうを調べていたので、店のようすはあまり聞いていなかったのだ。

「なんか、通いの番頭や手代が出ていくので、表のくぐり戸の閂はかけていなかったみたいなんです。それで、そこから入ったんじゃないかと」

「盗まれたのがわかったのは、朝になってからですよね？」

「はい。いつの間にか蔵の戸が開いていて」

「そのとき、座敷のほうではまだ酔いつぶれていた人たちが残っていたんですよね？」

「ええ、主人のほかには、死んだ二人の手代のほかに、通いの手代も二人、ぐっすり眠りこんでいました」

「ふうむ」

竜之助は腕組みして考え込んだ。

前夜の押し込みからしてなにか変なのである。もしかして、酒に眠り薬のようなものが混ぜられてあったのではないか。そして、このひどい殺し。どこがどう結びつくのか、まったくわからないが、ただ唄はやはり気になる。

「蔵のカギは誰が？」

「主人と番頭がひとつずつ持っていて、番頭は店のほうの金庫に入れて帰ります。主人はいつも肌身離さず胸から下げてました。おそらく、それを外して、蔵のカギを開けたんだろうと思います」

「なるほど」

「昼間の同心さまは、ずいぶん内部の者を疑っていて、なんか妙なことまで訊いていましたよ」

「妙なこと？」

「お内儀は、けっこう歳のいった男は好みじゃないですか、とか、歌舞伎役者にご贔屓（ひいき）はいませんか、とか。なんだか、あたしがよそに男をつくっていて、そいつらにやらせたんじゃないかと疑っているみたいでした」

「はあ」

じっさい、戸山はそこを疑っていた。

しかし、まだわからないことだらけのうちに、そこまで決めつけるなんて、むちゃくちゃである。

「新右衛門さんは、店を閉めたあと、離れに帰って来ると、いつもご家族といっしょにいたんでしょうか？」

「だいたいはそうですが、自分の書斎に入って、夜遅くまで本を読んだりしていることも多かったですね。株仲間同士の付き合いや、町内の寄合以外には、それほどお酒は飲みませんでした」

「かわいがっていた手代たちともですか？」

「あ、それはありました。店を閉めたあと、たまに近所やうちの座敷で飲んだりしていました。だから、今晩もてっきりそうなんだと思っていたのです」

「でも、三千両も盗まれた次の晩ですよね？」

と、竜之助は訊いた。

「どういう意味でしょう？」

「がっくりきて、酒を飲むなんて気にはならないんじゃないですか？」

「あの、こんなことを言うと、生意気だと思われるかもしれませんが、三千両くらいではうちの商売はびくともしないと思います」

「そうなので？」

「蔵にはまだ千両箱がいくつもありましたし、両替商に預けている分もあります。うちは代々手堅い商売をしてきて、うちの人も父が感心するほど商売はうまかったんです」

「ほう」

昼間見たあるじは、しょんぼりしていた。

では、あれは芝居だったのか。

しかも、曲者と戦った気配があったり、新右衛門というのは、よくわからないところがある。

「お内儀さん。まだ、葬式だのなんだのでお忙しいでしょうが、新右衛門さんの書斎になにかいつもと変わったところがないか、ざっと調べておいてもらえませんか？」

「わかりました」

「それと、番頭さんは帰ってしまったので？」

「さっき小僧が報せに走ったので、もう来ているころかと」

表のほうに来ているというので、呼んできてもらった。

「なにか？」

と、顔を出した番頭は、五十過ぎとおぼしき、頭が髷(まげ)も結えないくらいに禿(は)げ上がった律義そうな男である。

「ちょっと訊きたいのだが、昼間、奉行所の者とは別に、二人の武士がいろいろ訊いていたらしいんだ」

「ああ、そうみたいですね」

「番頭さんもなにか訊かれたかい？」

「いいえ、あたしは訊かれていませんが、小僧が訊かれたそうです」

「小僧さんになにを訊いたんだろうな」

「手代の名前を訊かれたと言ってました」

「手代の名前？」

「ええ。うちの手代の名前を訊き、顔を確かめていたそうです」

「どういうことだろう？」

「さあ。手代に訊かず、小僧あたりに訊いたのも解せません。たぶん、あたしや手代に訊けば、怪しまれると思ったのでしょうか」

「ほかにはなにか訊かれたんだろうか」

「いや、それだけだと言ってました」

「それと、今宵の押し込みで、昨夜とは別に金は盗まれていないか、調べてもらいたいんだ」

「まさか、ふた晩つづけて？」

「違うとは思うが、念のためだ」

「わかりました」

番頭はそう言って、裏の蔵のほうへ向かった。

「福川。お前、なにかわかったのか？」

大滝治三郎が、さっぱりわからないという顔で訊いた。

「なにかとおっしゃいますと？」

「お前の指示の出し方が、なにかわかってしているみたいなのでな」

「いちおういろんなことを確認しておこうと思いまして」

ぼんやり見当がついてきたこともあるが、決めつけはよくない。

番頭が小走りにやって来て、

「帳場の小さい金庫の中身も、裏手の蔵の中も確かめてきました」

「どうだった？」

「びた一文盗まれていません」

「やっぱりそうか」

　竜之助はうなずいた。

「どういうことだ、福川？」

「今日の連中は、金とはまったく関係なく、ただ、あるじと手代を殺すためにやって来たのですよ」

四

　今宵は徹夜になるだろうと覚悟していたが、夕飯を食べていない。

　腹がぐうぐう鳴る音が大滝の耳に届いてしまい、

「福川。今宵は帰れ」

　と、言われた。

「いえ、大丈夫です。ただ、腹が空いたので、そこらで夜鳴きそばでも」

「いや。矢崎と戸山がしばらく使えねえ。おめえには相当動いてもらうことになる。だから、今宵は帰って、英気を養ってくれ」

「わかりました」

竜之助も、今宵は素直に帰ることにした。じっさい、明日から忙しい日々になりそうである。

外に出ると、風はさらに冷たくなっていた。

「うわっ、寒っ」

思わず声が出る。

腹が減っているので、なおさら腹のなかにまで冷たい風が吹き入ってくる気がする。

両手を懐に入れたいが、提灯を持っているのでそうはいかない。

空は真っ暗で、今宵は満月なのに月明かりはまったく見えない。ぶ厚い雲に覆われてしまっている。

――明日は雪か。

雪は勘弁してもらいたい。方々駆け廻らなければならないのに、足元が悪いと五カ所行けるところが四カ所とか三カ所になってしまう。調べに大いに支障をきたすのである。

空腹と寒さで目もうつろになって、

「ただいま帰った」

と、役宅の戸を開けるや、ぷぅーんといい匂いが漂ってきた。

「お帰りなさいませ」

やよいが玄関口まで出て、頭を下げた。

「なんだ、このいい匂いは？」

「寒いので鍋がいいだろうと」

「鍋がいいよ。なんなら鍋のなかに浸かりたいくらいだよ」

どてらに着替え、火鉢の前に座った。

鍋にはまぐろと豆腐が真ん中にあり、大根、ネギ、こんにゃくもいっぱい入っている。

「最後にうどんを入れて召し上がっていただきますので、具を食べちゃってください」

「なんだか、ちょうどいい具合に煮立ってるなあ。まるで、おいらが着くのを待っていたみたいじゃねえか」

「いちおう、すぐに煮立てることができるようにはしておいたのですが、若さまが近づいているような気がしたので、火にかけたんです」

「へえ。そういうのってあるよな」

鍋に箸をつけ、大根にふうふう息を吹きかけながら言った。

「なにがです？」

「そういう見えていないのになにかを察知する力だよ」

「神通力（じんつうりき）みたいじゃないですか」

「うん、神通力。熱っ、うまっ」

大根に甘辛い味が染みて、それがかすかな苦みと混じってなんとも言えない。

「どうなんでしょうね。あったらいいけど、あたしはたいしたことないような気がしますけど」

「いや、やよいのほうが、おいらより鋭い気がするぜ」

そう言いながら、まぐろを口に入れて嚙む。刺身もうまいが、煮込んだまぐろも悪くない。

脱いだ着物を衣紋掛（えもんか）けにかけていたやよいが、

「あら、竜之助さま。これは？」

と、美羽姫がつくった楽器を取り出した。

「それは楽器なんだ。琴とか笛といっしょ」

「こんなのあるんですか」

「ないけど、知り合いがつくってくれたんだ」

「知り合いって？」

「いや、ただの知り合い」

「ふうん」

なんだか神通力を発揮しそうな顔をしたので、

「こうするんだ。貸してみな」

急いでひったくった。

ぽろんぽろんと弾いてみせて、

「こうやって、唄がこの唄だったか、確かめてもらうのさ」

「唄を確かめる？」

「ああ。めずらしい唄でさ。それを聞いているうちに寝てしまい、盗人に入られちまったのさ」

「でも、わざわざこんなものを持ち歩かなくても、若さまがうたって伝えればいいんじゃないですか？」

「それがさ、今日初めて知ったんだけど、おいら、唄がむちゃくちゃ下手らしいぜ」

「え、そうなんですか？　若さま、唄、お上手そうですけどね。ちょっとうたってみてくださいな」

「じゃあ、ちょっとだけな。……なんもかも、それで、いいんじゃないのぉっと」

「お上手ですよ。どこが下手なんですか？」

やよいは大真面目な顔で言った。

「上手か？」

「ええ。とってもいい喉だし」

「喉はいいんだそうだ。でも、そこから出てくる節がひどいらしいぜ」

「まあ。それって凄くいいお茶碗で、泥水を飲むみたいな感じなんですかね」

「泥水ほどひどくはないと思いたいけど、まあ、そんなものなんだろうな」

それより、いまはうまい鍋である。

あっという間に具を食べ終え、お待ちかねのうどんを入れてもらった。

五

翌朝――。

起きてみると、一面の雪景色だった。

初雪である。一尺ほど積もっている。

やよいは長めの藁沓（わらぐつ）を用意していて、それに袴の裾も入れて履いた。

まずは、役宅で寝ているだろう矢崎三五郎を見舞うことにした。

矢崎の家に入るのは初めてである。「騒がしいから、あまり他人を入れたくないんだ」と言っていた。

「あら、福川さま。お噂はかねがね」

と、矢崎の新造は愛想のいい笑みを浮かべた。

「どんな噂ですか？」

「面白い方だって」

矢崎のほうがよほど面白い人のような気がする。

家に入ると、廊下や雪の積もった庭先に子どもがいっぱいいる。雪で興奮しているらしく、たいそうな騒ぎである。一瞬、手習いの師匠の家に来たのかと思った。

「お子さん、ずいぶんいらっしゃるんですね」

子どもたちに目をやりながら言った。

なにかいっぱいいいすぎて区別がつけにくい。だんだん人間の子どもたちというより、生きものの子どもたちのような気がしてくる。

「そうなのよ。なんせ双子が二組も生まれちゃったから、本当だったら八人なんだけど、十人にもなってしまって」

「あ、双子なんですか」

どうも目が変だと思ったら、同じ顔同士が二組もいたかららしい。

「名前つけるのも大変だったわよ」

「いちばん上のお子さんは？」

「あ、あの子よ。あんまり歳に差がないから、区別しにくいのよ。いちばん上の長男が十一歳で、下がそこの一歳でしょ」

「はあ」

ということは、十年で八回のお産をしたわけである。

しかも、新造はいまもお腹が大きい。

「矢崎さん、ご無事でよかったですね」

竜之助はしみじみとそう言った。

「ほんとよね。もしも矢崎が亡くなりでもしたら、これほどの子どもたちが路頭に迷っちゃうんだから」

ご新造はあっけらかんとした口ぶりで言った。

「いやあ、さすがに奉行所もこの窮状は見るに見かねて、十一歳の長男に家督を継がせてくれますよ」

「だといいんだけど」

子どもたちはそんな家庭の危機など考えもしていないのだろう。庭から家の中までしきりに走り回っている。

また、矢崎に似て子どもたちも皆、足が達者らしく、家の中や庭を凄まじい速さで駆け回る。同心の家はどこも似たりよったりの広さで、竜之助などには充分に広いのだが、矢崎の家はこれじゃ狭すぎるだろうと思えるほどだった。

「どうですか、具合は?」

矢崎の枕元に座って訊いた。

「あばらが三本ほど折れていたらしい」

「そりゃあ、痛いでしょう」

「だが、面目なくてな」

さすがに元気がない。

「駒込の辻斬りというのも気になりまして」

「ああ、だが、千曲屋に現われたのが同じやつらかどうか、確証はなにもないかな」

「それはそうですが、二人連れの辻斬りなんて聞いたことがないですね」

「まあな」

「二人連れというのは、誰かが見ていたのですね？」

「見ていたというより、通りかかった座頭がいてな」

「座頭でしたか」

「二人が歩き去ったのが足音でわかったというのさ」

「それは間違いないでしょうね」

目の見えない人たちの耳の鋭さは凄まじいものである。ましてや夜だったら、目で見るより、音で判断したほうが間違いはない。

「斬られたのは？」

「近くの職人が二人だ」

「ほかになにか気になったことは？」

「夜だが、近くに盛り場みたいなところがあって、人通りもある。それなのに斬ったというのは、ただの辻斬りじゃねえ。殺しだと思ったんだよ」

「なるほど」

「だが、懐も探った形跡はねえ。金が目的じゃなかった」

「おいらも調べてみていいですか？」

「ああ。頼むよ」

竜之助は、矢崎から、斬られた場所や、証言した者について聞くと、駒込に向かうことにした。

六

すぐに駒込に向かいたかったが、矢崎だけ見舞って、戸山のところに顔を出さないわけにはいかない。

戸山の役宅は南町奉行所にいちばん近いあたりにあった。

ほかの役宅と違って、雪をかむった門構えがやけに上品である。なんだか茶室への入り口みたいな感じがして、あの戸山の家とは思えない。

「ごめんください」

声をかけると、新造が現われた。

内心、息を飲んだ。

凄い美人である。それも、つんと取り澄ましたふうで、なにもしていないのに怒られるんじゃないかと思ってしまうような美人である。

「どなたさまで？」

「見習い同心の福川と申します。お見舞いに伺いました」

「お見舞いなんてよろしいですのに。さっきも、這ってでも奉行所に行きなさいと、申し上げたところだったのですよ」

冗談ではなく、本気で言ったらしい。

奥の座敷に入った。

どこもかしこもきれいに磨き上げられ、矢崎の家とは正反対である。矢崎の家は、ところどころ、得体の知れないねばねばしたものがついていた。

こっちは、廊下はぴかぴか光っているし、余計なものは散らばっていない。そのかわり、掛け軸や額はたくさん飾ってある。

戸山がうつぶせに寝ている。

「背中をやられて仰向けになれないのだ」

「骨折は？」

「ああ、肩をやられた。背骨が無事でよかったと、医者は言っていた」

新造が竜之助に茶を出し、お愛想の一言もなく去った。

「ご新造さまは、凄い美人ですね」

それには答えず、

「あれは書家なのだ。それも、わりと名の知れた」

と、言った。

「それで、こんなに」

と、部屋を見回した。掛け軸、額、屏風があちこちにある。

「ご新造さまが書かれたのですね」

「ああ。しかも、さっき一通り掛け替えていった」

「ははあ」

よく見ると、厳しい文句が並んでいた。

「刻苦勉励（こっくべんれい）」

「臥薪嘗胆（がしんしょうたん）」

「一所懸命（いっしょけんめい）」

「捲土重来（けんどじゅうらい）」

「精神一到（せいしんいっとう）」

長いものもある。

「小才は縁に出会って縁に気づかず、中才は縁に気づいて縁を生かさず、大才は袖すり合った縁をも生かす」

また、戸山が寝ている真ん前には、

「会稽（かいけい）の恥を雪（すす）ぐべし」

とあった。

「こんなところに寝ていてみろ。一日中怒られているようなものだ」

戸山が外に出ると、思いっきり無神経になるのが、なんとなくわかる気がした。

竜之助もなんとなく息苦しくなってきて、

「では、おいらは調べのほうへ」

「どこに行くんだ？」

「ふうん。おれは三千両の盗みは、内部に下手人がいるという考えは捨てないぜ」

「駒込の辻斬りについてちっと訊き込みをして来ようかと」

「言っておくが、おれのほうが先に目をつけたんだぜ」

「それは、おいらもあり得ると思いますよ」

「そういうことは」

どうでもいいのでは、と言いたかった。

「どう考えても、怪しいのはあのお内儀だろう」

「え？　では、昨夜の二人の曲者は？」

「どっちかがお内儀の男だよ。あれは泥棒の仲間、本当なら一昨日の夜に来るはずが、一晩、間違えたのさ」

「日にちを間違えた！」

こんな目に遭っても、戸山の奇矯（ききょう）な洞察力は減退していないらしい。

七

日本橋のあたりは、さすがに大店が並ぶだけあって、朝早くから手代や小僧たちが雪かきをしたのだろう。あらかた片づけられ、残った雪も人通りのため、すっかり踏みしめられていた。

橋のたもとに瓦版が出ていた。

近づいてみると、売っているのは別の男だが、お佐紀が近くで売れ行きを眺めている。

竜之助は、一枚五文の瓦版を買い、目を通しながら、お佐紀のそばに行った。

「あら、福川さま。買っていただいたんですか？」

「うん。売れてるみたいじゃねえか」

「ええ。ここには二百枚持ってきて、もう八十近く売れましたから、いい調子ですよ」

嬉しそうに言った。

〈一家が消えた〉

という見出しも目立っている。

「ゆっくり読ませてもらうぜ」

お佐紀の記事は、取材が丹念で、町方にも参考になったりするのだ。

「ところで、福川さま」

「残念だが、言いたくても、言えないことはあるぜ」

たぶん、千曲屋のあるじと手代殺しの件だろう。他言しないよう与力のほうから言われているはずだが、もう洩れてしまったのか。

「え？」

お佐紀はきょとんとした顔をした。

違ったらしい。

「これを書き終えたあとで摑んだ話なんですけど」

「ほう、なにかあったかい？」

「安治の家の女の子というのが、ちょっと変わった子だったらしいんです」

「変わった子？」

「ええ。歳は十歳なんですが、かわいい顔をしていて、なんか、こう、じいっと人を見るところがあったんだそうです」

「子どもってそういうもんじゃねえのかい？」

と、竜之助は言った。好奇心が強いし、妙な思惑もない。だから、澄んだ瞳でじいっとこっちを見つめてきたりする。

「ですが、その子は、神通力みたいなものが強かったみたいです」

「神通力？」

そういえば、昨夜もやよいとそんな話をしなかったか。

「はい。長屋の人に今日、怪我しないように気をつけてねとか、声をかけるときがあったんだそうです。すると、屋根から瓦が落ちて、あやうく当たりそうになって、言われてたからハッとして飛びすさったけど、なにも言われてなかったら怪我してただろうって」

「ふうん」

「ほかにも何度かそういうことがあったみたいなんです」

「それが消える理由になったって思うのかい？」

「いえ、そこはまだわからないんですが」

「うん、その件も調べたいんだけど、いま、いろいろ忙しくてな。また、なにかわかったら、教えてくれよ」

「忙しいってなにか？」

お佐紀の目がきらりとしたので、慌てて別れを告げた。

八

駒込は寺町である。

大きな甍が雪をかむって並ぶさまは美しい。

ただ、このあたりはやはり歩きにくい。

辻斬りの現場も、寺のすぐ前だった。

だが、民家も多く、けっして寂しいところではない。

斬られたのは、同じ長屋に住む板前の和助と、寿司売りの金造の二人だった。

二人が住んでいた長屋に行き、大家に訊くと、

「葬儀は昨日の夕方に済ませて、近くの寺に埋葬しました。なんせ、二人とも田舎から出て来て、江戸に家族はいないらしいので」

「同郷かい？」

「それは聞いてないですが、言葉の調子が似ていたので、そうかもしれません」

「武士の恨みを買うなんてこと、考えられるかい？」

「いやあ、まったく考えられません。ただ、近ごろはお武家さまたちがなんとなく苛立ってますでしょ。ペルリが来て以来」

大家は遠慮がちに言った。

「自分たちの苛々を、暢気にしている町人にぶつけられたって困っちまいますよね」

「暢気そうだったのかい、二人は？」

「なんでも、斬られた晩も二人でいい調子でうたっていたそうですよ」

「唄を？」

そのことは矢崎はなにも言っていなかった。

「斬られたそばに座頭がいたらしいが？」

「ああ、それは王子のほうから来たのでしょう。それよりちっと前に、うちの長屋の者が二人で酔って歩いているのを見たって」

「その男はいるかい？」

「ちょっと待ってください。なにせ、出かける刻限がいい加減な男でして」

大家はそう言って、長屋の一室の戸を叩いた。

「あ、います」

中にいたのは、まだ若い男で、部屋は鉢植えでいっぱいだった。

「部屋の中で、暖かくして育てた鉢植えを、高く売るんですよ。だらしないくせに、気の利いたところもあるらしくてね。佐助(さすけ)っていいます」

　大家は自慢げに言った。

　佐助はまだ寝ていたらしく、布団の上に座ったまま、こっちを見た。

「あんた、一昨日の晩、斬られた二人が唄うたってたのを聞いたんだって？」

「ええ。あっしが仕事から帰って来ると、こっちからうたいながら街道筋に出ていくのとすれ違ったんです。そのあいだ、いい調子で唄をうたってました」

「どんな唄だった？」

「さあ、そこまでは？」

「端唄(はうた)とか？」

「いや、聞いたことがねえ唄でしたよ」

　竜之助は懐からあの楽器を取り出し、弾きながら、

「なんもかも、それで、いいんじゃないの」

と、文句のほうは節をつけずに言った。竜之助がなまじ節をつけてうたうと、かえってわからなくなる。

「あ、それです。その、調子のいい唄」

「やっぱり」

二人は、唄のせいで殺されたのかもしれなかった。

九

千曲屋に行くと、文治が来ていて、

「旦那、遅かったですね」

「うん。ちっと駒込でいろいろ確かめてきたんでな」

「わけがわからないことが起きて、皆、福川さまをお待ちかねですぜ」

「おいらを？　なにがあったんだ？」

文治が答えようとしたところに、奥から大滝が出て来て、

「福川。あるじの部屋のほうで、三千両が見つかったぞ」

「三千両というと、手つかずですね」

「ああ、一両も足りなくない。お前に言われて、お内儀が変わったところはないかと探してみたら、あるじの書斎の本を重ねた下に隠してあったそうだ」

「やっぱり」

と、竜之助はうなずいた。

「そう言うからには、お内儀に部屋を確かめさせたのは、それが目当てだったの

か？」

「はい」

ただ、確信があったわけではない。

「てえことは、一昨日の盗みは狂言か？」

「狂言なのか、それとも本当に店の金を盗んだのか」

「子煩悩で、商いもうまい男がか？」

「ええ」

「だが、なぜ、斬られたのだ？」

「そこはまだわかりませんが」

「奪った金を、ほんとうはあの武士たちに渡すはずだったが、渡さないでいたとかいう理由かな？」

「いやあ、それだったら、武士たちが新右衛門らを斬ってから探すでしょう。二人の武士は、まったく金を奪おうとしていませんよ」

竜之助はきっぱりと言った。

「では、あるじたちが殺されたのと、前の晩の押し込みは関わりがないのか」

「それはまだわかりません。ただ、新右衛門たちを殺した件と、駒込の辻斬りは結びつきました」

「どう結びついた？」

「はい」

と、竜之助は、唄のことを話した。

「唄？　そんなもので人が何人も殺されるか？」

そこへ、戸山甲兵衛がやってきた。

なんと、戸板にうつ伏せに寝たまま運ばれてきたではないか。

「戸山、どうしたんだ？」

大滝が訊いた。

「寝てなどいられるか。人を雇って、運んできてもらった」

たぶんあの教訓と美人のご新造に追い立てられるような気持ちになったのだろう。

「馬鹿な、帰って寝ておれ」

「いや、たとえ横になったままでも調べの手伝いはできる。わしがいないと、この謎は解けぬ」

戸山は偉そうに言った。

「勝手にしろ」

「大滝、武士の足取りは探ったか？」

「もちろんだ。だが、血のあとはないし、一帯の辻番や番屋でも怪我をした武士を見かけた者はおらぬ」

「ということは、このあたりに屋敷がある者ではないか？」

「それも、あんたに言われなくても探っている。ここらの大名屋敷、武家屋敷の門番に探りを入れさせている」

本当は町方が動けることではない。

「人相書は？」

「かんたんなものは、小僧に訊いてつくらせたよ。なんせ、あんたらはろくに顔も見ていないからな」

大滝がきつい一言を浴びせた。

「うっ」

戸山はうつ伏せのまま、がくりと顔を落とした。

十

二人のやりとりを尻目に、竜之助は文治とともに千曲屋を出た。

「やっぱり唄がカギを握ってるぜ」

「そうですか。でも、ずいぶん盛り場などで訊いてまわったんですが、あの唄を知っている者に出会わないいんですよ」

「そんな珍しい唄なのに、殺された人たちは、知っていたか、その唄を聞いていた」

「偶然とは言えませんよね」

「ああ。それで妙なことに気がついた」

「なんです？」

「千曲屋の宴会で『いいんじゃない』を唄った芸者二人だよ」

「ああ、たま子とまり子でしたね」

「あの二人にどこでその唄を覚えたのか訊いたら、両国橋の上でうたっていたのを覚えたと言っていたよな」

「ええ」

「それって、なんだか妙な感じがするんだよ」

「偶然が過ぎますかね？」

「ああ。しかも、ごまかすにはいちばんいい状況じゃねえか。どこの誰とも知らないし、捜しようもないんだぜ」

「たしかに。ということは？」

「嘘を言ったんじゃねえか」

もう一度、あの芸者たちに話を訊くことにした。

上野黒門町の置屋〈もみじ屋〉。

本郷から上野に向かうには坂を下る。雪道がつるつる滑って、危なくて仕方がない。じっさい文治は三度も尻餅をついた。

「もしかしたら、いねえかもしれねえな」

「どうしてです？」

「なんとなくそんな気がする。神通力かな？」

「旦那が？」

「なさそうかい？」

「神通力がある人って、なんかこう不気味な感じがするんですぜ。旦那にそういうところはまったくないですからね」

置屋に着いた。

門の両脇に雪だるまが二つつくってある。南天の実や炭できれいに顔がつくってあって、姿のいい雪だるまだった。

「たま子姐（ねえ）さんと、まり子姐さんに会いたいんだがな」

女将にそう言うと、

「たまちゃん、まりちゃん。あんたたちが一目惚れした、ようすのいい同心さまよ！」

と、奥に向かって叫んだ。

「いるのか」

やはり神通力はないらしい。

「あら、まあ。同心さま」

「あんたたちにこのあいだの唄のことを訊きてえんだ」

「唄？」

「そう。あの、どうだっていいじゃないのってやつ」

「そうなんですか。いまから出かけようと思っていたんですよ。またにしていただけませんか？」

なんだか、そわそわしてる。

「あいにくだが、人がぜんぶで六人死んでるんだ」

千曲屋の惨劇と、駒込の辻斬りのことをかんたんに伝えた。

「六人も……殺されたのですか？」

「ああ」

「なんてこと」

二人は衝撃で、膝をついてしまった。

「下手人を捕まえるのに、あの唄が手がかりになりそうなんだよ」

「わかりました」

と、奥の座敷に入れてくれた。

「まずはちゃんとうたいますね」

「うん」

竜之助と文治は居ずまいを正した。

月は三角　夜空は真っ赤

　海が干上がり　魚が飛んだ
　なんもかも　それで　いいんじゃないの

このあいだとはちょっと文句が違った。

たま子のほうが三味線でうたい、まり子のほうは大きな紫の布をひるがえすようにしながら踊ってうたう。

「これ、踊りながらうたうのが本来なんです」

と、まり子は言った。

布は頭上でどんどん広がっていく。やがて、四畳半ほどの大きさになり、これが芸者二人の上にかぶさるように落ちた。

だが、すぐにすうっと平らになった。

「えっ」

「これは？」

なんと、二人の芸者は、忽然と消えてしまったのである。

第三章　郷里の唄

一

「き、消えましたよ、福川さま」

「ああ、消えたな」

だが、人間が煙のように消えるわけがない。

もちろん、種や仕掛けがあってのことで、あの芸者二人は目くらましのようなことをしたに違いない。

ただ、まさか芸者がそんなことをするとは思わないから、竜之助も驚いてしまった。

「キツネだったんですかね」

文治は口を開けたまま動けないでいる。

「キツネだとしても、見事なもんだよ」

竜之助は感心しながら、廊下から外を見た。

裏の木戸がかすかに揺れている。おそらくそこから出て行った。

裸足(はだし)で飛び降り、庭の隅に行って、通りを見た。

人通りはかなりある。路地も多く、どっちに行ったかわからない。いまから追っても無駄だろう。

「まんまと逃げられちまったぜ」

引き返して、女将を呼んだ。

「おい、女将。たま子とまり子姐(ねえ)さんたちがいなくなっちまったぜ」

「いなくなった？　そこらに買い物に出ただけでしょ」

あの場面を見ていなかったら、そう思うだろう。

「いや、あれはもうもどっては来ねえな」

「もどって来ない？　それは困りますよ。うちの大事な売れっ子なんですから」

竜之助たちを非難するように言った。

「こっちだって困るよ。殺しに関していろいろ訊きたかったんだから」

「殺し？」

　女将は目を瞠って、

「まさか、あの子たちが？」

「いや、そうじゃねえ。たぶん、あの子たちの仲間が大勢殺された。そのことについてなにか知っているはずなんだ」

「じゃあ、もう、もどらないんですか？」

　泣きそうな顔で訊いた。

「殺しのことがいい按配で解決したら、あの子たちももどって来るかもしれねえな」

「だったら、早く解決してくださいよ」

「そうしたいのは山々なんだが」

　と竜之助はうなずき、まずは催促する女将に、たま子とまり子のことを訊いた。

「あの子たちはいくつだったんだい？」

「いま、二人とも二十四、五です」

「昔からいたわけじゃねえだろ？」

「ええ。うちに来たのは、三年前ですよ」

「前から芸者をしてたのかい？」

「いいえ、その前は、芸者じゃなかったみたいです。でも、三味線はできたし、踊りもできたので、お座敷に出すと人気が出ましてね。顔もかわいいし、客との会話もはずむから、たちまち売れっ子になりましたよ」

「いっしょに来たってことは、もともと友だちかなにかだったのかい？」

「たぶん、言葉に似たような訛りがあったから、同郷だったと思います」

「同郷か。国はどこだい？」

「西国とは言いましたが、国の名前までは言ってなかったですね」

「西国ねえ」

　あまりにも漠然としている。

「千曲屋に呼ばれただろ？　あそこはお得意さまなのかい？」

「いいえ、初めてでした。別のお座敷で二人を見たのかもしれませんね。ぜひにと言ってきました」

「じつは、その千曲屋の旦那たちが殺されたのさ」

「まあ」

女将は青くなり、ぶるぶるっと震えた。

「呼ばれたとき、あの子たちは、こういう唄をうたったらしいんだ。女将は知ってる唄かい？」

竜之助は例の楽器を取り出し、一番のところだと言って弾きながらうたった。

「いやあ、知らない唄ですねえ」

「おいらの唄が下手だからわかんないんじゃねえのかい？」

「でも、節まわしはそっちの音が正しいんでしょ？」

と、一本線の三味線を指差した。

「ああ、そうだ」

「だったら、わかりません。でも、変ですよね」

「なにがだい？」

「だって、あの子たちの唄はぜんぶあたしが教えたんですよ。三味線は弾けたけど、お座敷でうたう唄はまったく知りませんでしたから。でも、その唄は知りませんねえ。へえ、そんな唄うたってたんですか」

と、女将は驚いた。

「どこの唄か見当つかないかい？」

「いやあ、初めて聞きました」

「あの子たちの郷里の民謡かな」

「どうでしょうねえ」

「芸者はお座敷でうたわされるんじゃないのかい？」

だとしたら、ほかの座敷の芸者から教わったということも考えられる。

「いいえ、民謡をうたわされることはあんまりないですよ。やっぱりお座敷では、艶っぽい唄とかが好まれますから」

「なるほどな」

とにかく事件が解決し、あの二人を見つけたら、ここにもどるよう勧めることを約束して、竜之助たちは置屋を出た。

二

上野黒門町の置屋を出て、神田のほうに歩きながら、

「殺された千曲屋のあるじと手代たちも、駒込で殺された職人二人も、そしていなくなった芸者二人も、同郷だった。もしかしたら、全員同じ田舎かもしれねえな」

と、竜之助は言った。

「あっしもそう思います」

文治もうなずいた。

「だいたい、田舎から来た者は、自分の郷里を周囲の者にも言うよな」

「ですよね」

「でも、今度関わった者たちは、誰も郷里のことを話していねえ」

「言いたくなかったんでしょうね」

「もしかしたら、神田の消えた四人家族も同じところから来たんじゃねえか」

「そうですね。だいたい、あの一家がいなくなったら、こうやって次々に事件が起きてきたんですから」

「とすると、千曲屋の盗みの件も、なんとなく見当がついてきたぜ」

「どんなふうにでしょう？」

「三千両は、あるじが同郷の仲間のために使うつもりだったんだ」

「仲間のため？」

「ああ。いくらあるじとはいえ、店のことは好き勝手にできねえ。それで、同郷の手代たちと組んで、押し込みの芝居をした。とりあえず、部屋に隠しておき、いざというときにすぐ持ち出せるようにしておいたんだろうな」

「なるほど」

「おそらく、刺客から逃れるための、軍資金みたいな性格の金だった。それで、準備しているうち、間に合わず、刺客が来てしまったんだな」

「それで辻褄(つじつま)は合いますね」

「同じ田舎の者がなぜ、殺されなければならないのかな」

「なんなんでしょう」

「その田舎がどこか知りたいよな」

「手がかりは唄ですかね」

「ああ。おでん屋の女将も盆踊りの唄じゃないかと言っていたし、たま子とまり子のことからもお国の唄のような気がするな」

「じゃあ、お国の唄の線で調べましょうや」

「だが、どれくらいあるんだろうな」

「もしかして、村の数だけあるんですかね」

だとしたら、とんでもない数になる。

「こうなったら、江戸藩邸を訊いてまわるか。こういう唄がお国にありませんかと」

「藩邸の人が村の盆唄なんか知ってますかね」

「そうか。ずっと江戸詰だったり、国許でも城下の住まいだと、わからねえか」

「しかも、知ってても、答えてくれますかね」

「くれないか」

だが、ほかに手がかりがなければ、江戸藩邸で訊ねるしかないだろう。徒労は覚悟しなければならない。なにせ六人も殺されているのである。

「そうだ。料亭で訊いてみましょうか。ああいうところの女将はけっこう知っているんじゃないですか」

文治が手を叩いて言った。

「なるほど」

料亭とは、いいところに目をつけた。宴会ではいろんな唄がうたわれるし、女将や仲居はそれを耳にしている。

「とりあえず百川(ももかわ)で訊きましょう。あそこの女将はよく知ってますから」

と、日本橋に向かった。

百川は日本橋北の浮世小路(うきよこうじ)にあって、江戸でも指折りの有名な料亭である。たしかペルリたちが二度目に来航して、江戸城に来たとき、百川が一行の料理を担当したのだった。その値段は二千両もしたと聞いたことがある。

店に顔を出すと、女将が笑顔を見せ、

「おや、お寿司の親分」

「ちっと訊きてえことがあるんだ」

「なんですの？」

「料亭のお座敷でよくお国の民謡なんかをうたったりしないかい？」

「なさいますよ」

「じゃあ、この唄は知ってるかい？」

竜之助がまた、例の唄をうたいながら一本糸の三味線を弾くと、女将は噴き出したいのを我慢しているみたいに口に手を当てて聞いたが、

「それは聞いたことありませんね」

と、言った。

さらに仲居を四人ほど呼んで、聞かせたが、やっぱりわからない。

「こんなに大きな料亭でも駄目か」

竜之助ががっかりすると、

「詳しい人を知っています。福右衛門さんといって、笛師です。笛づくりの名人で、田舎の盆唄や民謡をいっぱいご存じですよ」

と、女将が紹介してくれた。

場所は北鞘町で、百川からすぐのところである。

小さな店だが、ここは日本橋からすぐの一等地である。あるじの福右衛門は六十くらいの小柄な男だった。

さっそくあの唄を聞いてもらう。

「うーん、それはわかりませんなあ。盆唄といっても、一つの村で細々とうたい継がれていたりすると、なかなか聞く機会もないですからね」

「そうだろうなあ」

「ただ、この唄の文句を聞くと、特徴のあるお国言葉は入っていませんよね。村の盆唄というとたいがいお国言葉だらけで、なにを言っているのかわからなかったりします。こういうのはめずらしいですね」

「なぜなんだろう」

「やっぱりこの唄は、田舎の村ではなく、いろんな人が入って来る江戸とか大坂とか大きなところでつくられたんじゃないですか？　そういうところは、お国言葉で話されると通じなかったりするので、お国言葉は消えてしまうんです」

「江戸や大坂となると、話はまるで違ってしまうなあ」

竜之助は首をかしげた。

「あるいは京か、長崎か。あと、名古屋も人の出入りはありますな」

「ううむ」

それだと、調べるのはますます困難になる。

だいいち、そんな大きな町でつくられたなら、もっと流行っていてもいいような気がする。いい唄だから誰でも好きになる。

「そうでなければ、異国との交易があったところなどは、そういう傾向はありますね。異国とのやりとりのとき、できるだけ言葉をかんたんにしたほうがいいでしょうから」

笛師の福右衛門がそう言うと、竜之助はぽんと手を叩いて、

「それは面白いなあ」

と、言った。

三

福右衛門の店を出ると、ひどく腹を空かしているのに気づいた。もう昼もずいぶん過ぎている。

「腹が減ったよ。飯を食おう」

こうも腹が減ると、そばより飯を食いたい。

「わかりました。じゃあ、そこらの飯屋に」

一石橋（いちこくばし）の近くにあった一膳飯屋に入った。

すぐに茶飯に煮物、味噌汁に漬け物が載ったお膳が出てくる。

それをかきこみ出すとすぐ、

「あ」

と、竜之助は言った。

「どうなさったんで?」

「もうひとつ、手がかりがあった」

「なんです?」

「ほら。神田の長屋で消えた女房のほうがつくっていた漬け物だよ」

と、膳の上の漬け物を箸でつまんだ。

「なるほど。漬け物ってえのは、けっこう地方によって特徴が違いますからね。でも、それも探すのはたいへんでしょうね」

「なに言ってんだよ。こと食いもののことなら、むちゃくちゃ詳しいという人がいるだろうよ」

「あ、高田さま」

与力の高田九右衛門である。

飯を食い終えると、急いで奉行所に行き、その高田を、神田の長屋まで連れて行った。

道々わけを話すと、

「漬け物の味で田舎のあたりをつける？」

「高田さまにしかできないのではと」

「福川、よくぞ思い出してくれたな」

嬉しそうに言った。

「漬け物でもわかりますか？」

「もちろんだ。日本国中ほぼ食べつくした」

「日本中？」

　町奉行所の与力などは、そうそう江戸から出られないはずである。

「参勤交代のとき、お大名というよりご家来が、田舎の漬け物を江戸に持って来るだろうが」

「そうなんですか？」

「見たことないのか？　漬け物樽に石までのせて運んでいるぞ」

「へえ」

「もっとも、そういうのはいちばん後ろのほうにあるから、わしのように気をつけていないとわからない」

「大名行列の後ろのほうなんて、誰も見てませんよ」

　だが、確かに大名行列というのは長い。しかも、里心がつかないよう、田舎の味を江戸に持ち込むのは、どこでもやっているのかもしれない。

「それで、わしはどこのお国か確かめ、ご家来と交渉する。江戸の食いもの商売を調べているので、お国の漬け物の味を学ばせてくれと」

「頼むのですか」

「お国の漬け物のことを訊いてみよ。たいがいお国自慢になって、いろんなことを教えてくれるわ」

「なるほど！」

やはり高田九右衛門は只者ではない。単に高田は閻魔帳を持ち歩き、ねちねちと同心たちの働きぶりを見ているだけではなかったのだ。

「その漬け物がそうやって持ち込まれたものなら、もっと詳しく、場所を特定できるだろう。材料だって、江戸にはない野菜や海産物を使っていたりするからな。だが、それはおそらく江戸にある材料だけでつくったものだ」

「そうでしょうね」

「となると、つくり方だけで判断しなければならない」

「やはり無理ですか？」

「いや、やってみる」

安治の家に着き、床下を開けた。

樽の中身はこのあいだより減った気はするが、それでもだいぶ残っている。

高田は嬉しそうに、四つある樽の中身を一通り食べた。

「どうです、高田さん？」

「うむ、いくつか手がかりはあるぞ。まずこの菜っ葉の漬け物は、小魚が使われている」

「あ、ほんとですね」

「だから、旨(うま)みが違う。これは海の近くの者がやる。だが、日本の表側の海のほうはあまりやらない。たぶん大陸から来た知恵が入ったのではないかな」

「大陸からねえ」

だとしたら、裏日本のほうになる。

「この蕪(かぶ)漬け」

といって、白いところをおいしそうに食べた。

「はい。これもうまいですねえ」

文治がわきから言った。

「一度、天日干しにしてから糠(ぬか)漬けにした」

「沢庵(たくあん)漬けもそうしますよね」

「大根ではやるが、蕪ではあまりやらない」

「へえ」

文治は感心した。

「わしが知っているのでは、因幡(いなば)(鳥取県東部)、伯耆(ほうき)(鳥取県西部)、出雲(いずも)(島根県東部）あたりでこうしている」

「あ、それも裏側のほうの日本ですね」

　と、竜之助は言った。

「京都にはいろんな国の技が入るから、京都という線も捨て切れぬが、塩加減や野菜の選び方からして、京都ではない。京都の漬け物は、もっとちまちましているが、これは豪快なところがある」

「繰り返しますが、因幡、伯耆、出雲ですね」

「たぶんな」

　こういうときの高田はまるで学者先生みたいである。

　そういえば、お国言葉がない田舎の唄は、異国との交易があるところでつくられたのではないかと言っていた。

「あのあたりというのは、大陸との交易はどうなんでしょうね？」

「そりゃあ、あっただろうな。いまは、異国との交易は制限されているが、自由だったころは、ずいぶん交流もあっただろう。なにせ、あいだに海はあるが、距離で言ったら、江戸に来るより近いくらいだ」

「へえ」

「いまも抜け荷の噂があるくらいだ」

「もしかして、高田さんは民謡にも詳しかったりして？」

「いや、わしは舌のほうに感受性を集中させているのでな。耳と目はできるだけふだんから休ませているのさ」

「そうですか？」

竜之助は疑わしそうに言った。なにせ高田が閻魔帳を手に持って歩いていると、同心たちはすばやく話をやめ、そそくさと姿を消してしまうのである。

四

一日中陽が差していたので、積もった雪もほとんど解け、夕方にはずいぶん歩きやすくなっていた。

高田とともに奉行所にもどった竜之助は、

——田舎のおおまかな見当がついたからには、お国訛りを確かめたいところだ。

と、思った。

その前に、因幡、伯耆、出雲あたりでは、だいたいどんな訛りなのかを知っておきたい。こっちが知っていれば、周囲の者に思い出させることもできる。

——あ。

一人、思い出した。

竜之助は急いで八丁堀の役宅に向かった。

「やよい、頼みがある。いっしょに来てくれ。話は道々する」

「あら、まあ、はい」

やよいは急な用事に驚いたが、竜之助の頼みとあって、喜んでついて来る。

「支倉の爺を呼び出してもらいたいんだ。こんな薄暗くなってから、町方の同心が爺を訪ねたら、ぜったい怪しまれるからな」

「それはそうですよ。呼び出してくればいいんですね。でも、どんな御用なんです？」

「うん。じつはな……」

いままでの経緯をざっと伝えた。

殺しのことは眉をひそめて聞いていたが、芸者が消えたというあたりでは目を輝かせた。

「消えた？　くノ一だったのでしょうか？」

「そんな術があるのかい？」

「わたしは知りません」

「やよいならできそうだがな。踊りもうまそうだし」

「わたしがですか？」

「ああ、唄をうたうのは聞いたことないけど、身のこなしとか、きれいじゃないか」

「まあ」

「やったことないのか？」

「習いたかったのですが、武術ばっかり習わされましたから」

かなり不満げに言った。

「それで、いままで話に出た者たちは、皆、同郷ではないかと思ったのさ」

「そうみたいですね」

「それで、爺はほら、いろんな江戸詰の用人たちと付き合いがあるだろう」

「あります。なんでも用人会の幹事役みたいなこともしているみたいですよ」

「そうなのか。であれば、なおさらいろんなお国訛りも知っているんじゃないかと思ってさ」

「わかりました」

ちょうど田安門の前に着いた。

すっかり暗くなってしまった。竜之助は、お濠を渡らず、手前の九段坂のあたりで待っていた。

「若。どうなさいました？」

しょっちゅう会っているくせに、支倉辰右衛門がやけに嬉しそうにやって来た。

「訊きたいことがあっただけだよ」

「ええ、いま、やよいに訊きました。因州あたりのお国言葉だそうですな」

「知っている人はいるかい？」

「もちろんですとも。ただ、あのあたりの者は、奥州の者よりは江戸になじみやすいのか、それほど特徴は感じないですぞ」

「そうなのか」

「しかも、因幡、伯耆、出雲と、あのあたりは、皆、似ています。加えて親藩が多く、たいがい、松平だし、池田だし」

「武家よりも庶民の言葉なのだがな」

「まあ、そうは違わないでしょう。ちょっとずうずう弁みたいな感じもするのですが、あれほどもごもごはしていませんな。調子もそうおかしな感じはしませんん。わしにはむしろ、水戸だとかあのあたりの調子のほうが変に聞こえるくらいで」

「まあ、よそのことはいいんだ」

「それと、語尾に、だっちゃ、とかつけて言ったりしますな。駄目だっちゃ、とか」

「だっちゃねえ」

「あのようなことをしては駄目だというのは、若だったらなんと言います？」

「あんなことしちゃあ駄目だぜ」

と、竜之助は言った。

「それをあのあたりの者は、あげんことはいけん、と言いますな」

「なるほど」

竜之助はたもとから帳面を取り出し、やよいの提灯の明かりで爺が思いついたお国訛りを書き写しておいた。

五

翌日も、朝から大忙しである。

まずは奉行所で文治と会うと、

「昨夜、お国訛りに詳しい人から、あのへんの言葉を聞いておいたぜ」

「それはたいへんでしたね」

「なあに、どうってことはない。それで、こういうのが特徴らしいぜ」

と、昨日の覚書の写しを渡した。

「へえ、〈いのち〉が〈えのち〉になるんですか。〈あります〉が、〈ああます〉にねえ」

「ただ、江戸弁になじみやすいそうで、それほど聞きとりにくくはないらしいぜ」

「それだと、一人二人に訊いてもわからないかもしれませんね」

「じゃあ、おいらは駒込の長屋と千曲屋で訊いてくる。文治は、神田の長屋と芸者の置屋で訊いてみてくれ」

「わかりました」

ということで、別々に動いた。

二刻（約四時間）後——。

神田の筋違橋のたもとで待ち合わせた。

「どうだった？」

「間違いないですね。神田の長屋あたりは田舎者もいっぱいいて、安治のお国訛りは目立たなかったんですが、だっちゃは言っていたようです。それと、芸者仲間は軽いずうずう弁みたいだったと」

「そうか。おいらのほうも同様だよ。お内儀さんに訊いたら、まさにそうだった。『えのち取りになる』と言われて、なんのことかわからないときもあったらしい」

「そうでしたか。だが、因幡、伯耆、出雲あたりだとして、ずいぶん遠くまで出て来たもんですね。大坂あたりに落ち着いてもよさそうですが」

「そうだな。よほどの事情があったんだろうな」

「ここから、どうしましょう？」

文治が訊いた。

「千曲屋からいなくなった武士の足取りを、ほかの者が追っているが、まだわからないんだ」

「ということは、あの近くに逃げ込んだのですね？」

「おそらくな」

江戸の町々には木戸がいっぱいある。それは夜中には治安のため閉めることになっている。通る者は、いちいち木戸番を起こし、わけを言い、開けてもらわなければならない。

だが、じっさいには、そこまで厳格に守られていない。木戸番だって、いちいち起きてきて開けるのは面倒だから、閉めたふりをして、閂は下ろさずにいたり、もっとだらしないやつは、完全に開けっぱなしだったりする。

だから、曲者も木戸番などに気づかれないまま、遠くまで行った可能性もないわけではない。

それでも、どこかで「そういえば、つらそうな表情をしたお武家さまが」という話が出てくるはずである。いまだ一つもないというのは、やはり近くの屋敷に逃げ込んだからではないか。

「本郷、駒込、外神田あたりに、因幡や伯耆、出雲の江戸藩邸があるかな？」

「ちょっとお待ちを。いま、切絵図を持ってきます」

文治は近所である自分の家まで走って行き、すぐに引き返してきた。

筋違橋の欄干に載せるようにして、切絵図を開いた。

「ううむ、これは」

「難しいですねえ」

武家屋敷ということはわかるが、あるじの名と家紋があるだけで、国の名前はわからない。上野介(こうずけのすけ)とか壱岐守(いきのかみ)とかあっても、じっさいの領地とはほとんど関係がないのだ。

しかも、親藩や大きな藩などは松平の名をもらっていて、島津(しまづ)だの伊達(だて)だのといった有名な名前のほうが載ってなかったりする。

竜之助も大名家のことなどまったく興味がないから、この手のことは町人並みにわからない。

「まいったな」

「あっしも、お大名のことは」

「とりあえず、奉行所にもどって、諸先輩たちに訊くことにするよ」

「では、あっしはこのあたりの辻番などを当たっておきます」

文治と別れ、奉行所にもどると、戸山甲兵衛はこの日も戸板に乗ったまま来ていたが、矢崎三五郎まで出てきているのには驚いた。

矢崎は上半身を、木でつくった枠組みみたいなものに固定され、さらに晒しでぐるぐる巻きにされている。その上から着物と羽織を着ているが、異様なことこの上ない。

「矢崎さん。まだ動かないほうがいいのでは？」

「そうはいくか。あんな失態をしでかしたんだ。こうやって必死なところを見せてなかったら、お払い箱になっちまうだろうが」

身体が痛むのだろう。顔を歪めたまま言った。

「でも、せめて四、五日くらいは」

「いいんだ。しかも、家にいたってガキどもがやかましくて、とても寝てなどいられねえのさ」

戸山もそうだが、一家の長もなかなか大変らしい。

「では、ちょうどお二人にお訊きしたいことがありました」

と、矢崎と戸山を見ながら、切絵図を広げ、事情を説明した。

「なんだ、そんなことか」

矢崎は鼻で笑った。

「あるじの名と家紋だけで、国の名がわかりますか？」

「当たり前だ。何年、江戸の町を歩いていると思ってるんだ？」

矢崎がそう言うと、

「そんなことは武士の常識だぞ」

戸山は戸板に寝そべったまま、偉そうに竜之助をなじった。

「どれどれ」

「因幡、伯耆、出雲か」

二人は切絵図に首っ引きである。

竜之助は邪魔しても悪いので、同心部屋に差し入れられていた菓子を食いながら、お茶を飲んでいた。

しばらくして、

「なかなかないなあ」

「西国の大名は、屋敷も西のほうに持っているものだな」

と、愚痴（ぐち）りだした。

「越前（えちぜん）はあるな」

と、矢崎が言った。

「越前ですか」

裏日本であり、まあ、因幡や伯耆、出雲ともそう遠くはない。

「備中はどうだ?」

戸山が訊いた。

「備中ねえ」

竜之助は首をかしげた。

たしかに山のほうに入れば、因幡や伯耆、出雲にも近くなる。

「それだと美作もあるな」

「なるほど」

「因幡、伯耆、出雲はほとんど三田、麻布、白金などに屋敷があるぞ」

「やはり、そっちから来てるんだ」

「でも、足取りが完全に消えているんですよ」

と、竜之助は言った。

「うまく逃げたんだろう」

「やっぱり、芝から西を当たれ」

動けないわりには言いたい放題である。

「でも、いろいろ面倒ですよね」

竜之助が頭をかきながらそう言うと、

「なにが面倒だ?」

矢崎が怒ったように訊いた。

「町方が探るのはまずいでしょう」

「そりゃそうだが」

「現場で取り押さえるならまだしも、捕まえる権限もありませんよ」

現場さえ押さえれば、他藩の武士だろうが、幕臣だろうが、町方でも捕縛できるが、いったん逃げられたらどうしようもない。

「そこは頭を使うしかねえだろうが」

「頭は使えるうちに使うものだ」

矢崎と戸山から説教された。

だが、二人とも、頭ならいまだって使えるはずなのである。

六

役宅にもどると、今夜もうまい飯が待っていた。

だから、これだけ腹が減っても我慢して、八丁堀まで帰って来るのである。

天ぷらがすでに揚げられている。イカ、エビ、かきあげ、サツマイモ、ごぼうの五種類である。

前もって揚げてあるから、すでに冷めている。ところが、火鉢に小鍋をかけ、中に濃いめの天つゆを入れ、こっちを煮立たせてある。

そして食うときに天ぷらをこの中に入れ、さっとくぐらせて飯の上にのせて食べるのである。

ちゃんと天ぷらは温かくなり、つゆの染み具合もちょうどで、じつにうまい。

「うめえなあ、やよい」

「ありがとうございます。どうでした、今日のお調べは?」

「ああ、やはりお国言葉からしても、因幡、伯耆、出雲あたりの人たちだろうというのは間違いないらしい」

口をもぐもぐ動かしながら、竜之助は答えた。

「そうですか？」

「ただ、本郷に近いところだと、その三つの国の江戸藩邸が見当たらねえんだよ」

「おかしいですね」

「ああ。それで、越前だの、備中だの、美作あたりの藩邸はあるので、そこらから当たろうと思うんだが、ただなあ」

「なんです？」

「町方が藩邸に訊きに行っても、答えてくれるわけねえだろ？」

「そうでしょうね」

「なんか、いい方法はないかと考えてるんだよ」

そう言って、最後に残ったエビの天ぷらを尻尾まで食べた。

うまそうに食べ終えた竜之助を見ていたやよいだったが、

「若さま。それ、あたしがやりましょうか？」

「どうするんだ。まさか、潜入？」

やよいならやりかねない。

「いいえ、あたしだってそこまではしませんよ。町で知り合った腰元らしい友だちを捜しているることにするんです。それで、こんな唄をうたう人なんですけどって、あの唄を聞かせます」

「なるほど」

男と違って女の妙な訪問者には、そう警戒はしないだろう。

「大丈夫。やれますよ」

「門の中には入らずにだぞ」

「もちろんです。入ったら、そこはもうよその国ですもの」

「そこまでわかっているなら、頼んでも大丈夫かな」

「まずは、芝あたりから始めましょうか」

「いや、やっぱりおいらには、千曲屋を襲った武士たちはあの近くにいて、狙った相手のことをしばらく探ったように思えるんだ」

「じゃあ、本郷、湯島、駒込あたりから」

「無理するんじゃないぞ」

竜之助は何度も念押しした。

七

翌朝――。

やよいはいそいそと八丁堀を出て、本郷界隈に向かった。

矢絣（やがすり）の着物でいかにも腰元ふうに装った。武家勤めであっても、腰元というのはけっして地味ではない。

竜之助の役に立てるから嬉しくてしょうがない。

まずは、本郷の手前、湯島三丁目にある越前大野（おおの）藩の中屋敷の門前に立った。

「あのう」

ちょっと肩をすくめ、恥ずかしそうにして、門番に声をかけた。

「お訊きしたいことがあるんですよ」

「むふ、むふ、むふ」

三十くらいのやっこ凧（だこ）そっくりの門番は妙な空咳（からせき）をしたあと、

「なんでも訊いてよいぞ」

と、言った。

「この前、神田明神の甘酒屋さんで、大名屋敷で腰元をしてるという女の人と知り合って、すごく気が合っちゃったんですよ」

「ほう」

「甘酒も酔っ払うくらい飲んじゃったりして」

「酔っ払うってどれくらい？」

「二人で一升くらい」

「甘酒なんか、よくそんなに飲めたもんですな」

「あとで吐いてしまいました」

「それで？」

「また会おうねって約束して別れたんだけど、なんせ甘酒で酔ってたから、名前も藩の名も忘れてしまって」

「ははあ」

「でも、教えてくれた唄は覚えているんですよ」

「唄？」

「お国の唄なんですって。こんな唄」

と、やよいは例の、なんもかもそれでいいんじゃないの、をうたった。竜之助よりは多少ましな唄である。

かなり調子に乗って、手を叩きながら、くるっと回ったりもした。

「そりゃあ知らないな。おれは国許から来た中間（ちゅうげん）だけど、聞いたこともないね」

「なんか、藩の中でもずいぶん田舎のほうの唄みたいです」

「田舎か。ちっと待ってくれ。田舎から来ている若侍がいるので、呼んで来てやるから」

「ご親切に」

若侍が来て、同じようにうたって聞かせたが、やっぱり知らない。

「どうも、お騒がせいたしました」

と、越前大野藩をあとにした。

この調子で、駒込界隈の美作勝山（かつやま）藩下屋敷、越前丸岡（まるおか）藩中屋敷、備中岡田（おかだ）藩下屋敷などを回ったが、あの唄を知っている者とは出会えない。

昼ご飯も食べずに夕方になり、

「ああ、疲れた」

と、通りがかりのなまこ塀に寄りかかった。

するとそのとき——。

「あいつらだって、えのちがけだっちゃ」

「そうだっちゃ」

そう言いながら、武士が二人、かたわらの門の中に入って行った。

——あれ？　いまの言葉は？

切絵図を見ると、この屋敷は幕臣である旗本の屋敷になっている。

旗本なら、あんな言葉使いはしない。

さりげなく門のほうに近づいた。

八

やよいが大名屋敷を探っているあいだ——。

竜之助は文治とともに、神田の安治一家が消えた長屋に来ていた。

あのあと、どこかで一家の死体が出たというような報告は来ていない。だが、ここが今度の奇怪な連続殺人の発端だったような気がする。

まだあのときのままになっている部屋に入り、竜之助はさらに詳しく部屋の中を調べた。

「なるほど、ろうそくを使ってるぞ。長屋にしては贅沢（ぜいたく）な明かりだ」

とか、

「そうだよ。皆、漬け物のことに気づいてなかったんだよな」

などと、ひとりごとを言っていたが、

「よし、わかったぜ」

と、文治に向けて笑顔を見せた。

「消えたわけがですか？」

「うん。四人いっぺんに消えたと思われているが、そうじゃねえ。ほかは早めにいなくなっていて、最後に一人だけ消えたんだ」

「でも、そこの女房が、腰高障子に映った影を見たって」

「影の仕掛けはかんたんさ。このろうそくで影絵を動かせば、向こうの障子に大きく映る。すばやく動かせば、影絵だなんて思わねえよ」

「あ、だから、贅沢なろうそくを使っていたんですね」

「そういうこと」

「でも、笛や太鼓の音もしていたそうですぜ」

「最初のうちは、四人で笛や太鼓の音を出していたんだ。最後に一人になったけど、器用なやつなら、笛を吹きながら、足で太鼓を打ったりもできるさ」

「なるほど」

「あとは、最後の一人がすうっと抜け出せばいい」

「抜け出すと言っても、すぐに隣からは万七が来たし、向こうの路地からは熊三も来てるんですぜ」

「ここだよ」

と、竜之助は、漬け物樽が入った縁の下を指差した。

「いったん隠れたんですね」

「そうさ」

「それで、皆の騒ぎがおさまったころ、そっと抜け出して行ったと？」

「目くらましのようなもんだ」

芸者が消えたときの技となんとなく似ている。

あれも、派手で大きな布を花火みたいに広げて視界を覆い、すばやく逃げてしまっただけだろう。

「なるほど。キツネの毛なんざ、撒いていけばいいだけですからね」

文治も納得した。

「どうも、この人たちの田舎は、唄や芸ごとみたいなことが好きらしいな」

「そうみたいですね」

「そこらあたりも手がかりになるかもな」

ふと、やよいのことが気になった。

いまごろは、大名屋敷を回って、唄を聞いてもらっているはずである。

「でも、旦那。安治たちは、なぜ、こんな悪戯みたいなことをして、いなくなったんですかね？」

「それだよ。もしかしたら、話題になりたかったんじゃないかな」

「話題に？」

「ああ。すぐにお佐紀が瓦版にしただろう。ああして欲しかったんじゃねえか？」

竜之助はそう言って、次にお佐紀の家を訪ねることにした。

お佐紀の家もすぐ近所である。家族で瓦版をつくっているのだ。

もしかして、出かけているかと思ったが、幸い家にいて、明日の記事を書いているところだった。

「あら、福川さまとお寿司の親分」

「急にすまねえが、訊きたいことがあってな。そこの一家が消えたことを書いた瓦版だけど、売れたかい？」

「売れました」

と、お佐紀は顔を輝かせた。

「五百枚刷るって言ってたよな。ぜんぶ、売れたのかい？」

「それどころじゃありません。浅草と両国と日本橋で売り出して、たちまち売り切れ。それから芝や新宿、品川でも売って、昨日、四刷目を出して、二千五百枚。ここ数年ではいちばんの売れ行きです」

「ほう」

そんなに売れれば、江戸のあちこちで話題になるはずである。もしそれが安治の狙いなら、充分、達成できたことになる。

「でも、売れるだろうとは思ったんです。一家四人。真面目に働いていて、消える理由なんか考えられない。消え方も不思議だし、しかも残されたキツネの毛。まるで、仕組まれたみたいに、売れる要素がいっぱいありましたから」

「仕組まれたんじゃねえのかい？」

と、竜之助が言った。

「え？」

「お佐紀ちゃんとは限らなくても、瓦版に書いてもらいたかったんじゃないかな」

「そうなんですか」

お佐紀は不安げな顔をした。

「その後、読んだ人の反応とかはなかったかい?」

竜之助が訊くと、お佐紀は途中の草稿をつまんで、

「ありました。いま、これのつづきを書いているんです。一家の行方を追ったやつです。一家を見たという証言が、いくつか聞こえてきたんです」

と、嬉しそうに言った。

第四章　踊る剣

一

お佐紀が入手した目撃談は、かなり信頼がおけるものだった。

「まず、あの晩、知り合いが安治の一家を見かけていたんです」

と、お佐紀は言った。

「一家を?」

「というより女房のおふささんと二人の子どもが誰かを待っているみたいに立っていたそうです」

「どこで?」

「日本橋のたもとです」

「そこに最後の仕掛けを終えた安治が追いついて来たわけか」

「最後の仕掛け？」

「そう。たぶん、こんな手口だったのさ」

と竜之助は、さきほど謎解きした一家が消えた仕掛けを説明した。

「なるほど。それで、安治が家族に追いついて来たんですね」

お佐紀も納得した。

「ほかにあるのかい？」

「京橋を渡って、新両替町あたりのそば屋に一家が入ったみたいで、そば屋のあるじが一家四人の客を覚えていました」

「でも、家族連れの客なんざ、いくらもあるんじゃないのかい？」

「ところが、その四人のうち、女の子がちょっと変わった子だったそうなんです」

「変わった子？」

「おそばを食べている途中、急に悲鳴を上げたのです。ああっ、やられた！　って。まるで誰かが斬られたのを目の当たりにしたみたいな、悲痛な叫び声だったそうです」

「それは……」

もしかしたら、駒込の辻斬りのことではないか。安治がいなくなった晩に、職人二人は斬り殺されているのだ。

女の子が神通力の持ち主とはお佐紀から聞いていた。まさにそんな力のような気もする。

「それで、そば屋の主人はあたしの瓦版を見たとき、すぐに消えたのはあの一家じゃないかと思ったそうです。四人の人相や身体つきなども詳しく書いてあるので、それにもぴったり当てはまったし」

「それは信用してもいいかもしれないな」

と、竜之助はうなずいた。

「あるじはその一家が気になって、小声の会話にもしらばっくれて耳を澄ましていたみたいです。男の子が、どこまで行くんだい？　と訊いて、品川だって答えたのも聞いていたんです」

「品川か」

「さらに、品川宿の〈蜂屋(はちや)〉という宿のあるじも、瓦版の四人らしい一家が、うちに泊まったと言ってきました。明日にでも確かめに行こうと思っていたくらいです」

「へえ。瓦版を読んだ人が、そんなふうにわざわざ報せてくれるなんてことがあるものなんだね」

竜之助は感心した。なんなら奉行所でも、こういうことをやればいいではないか。

「なにもしなければ、教えてなんかくれませんよ。二刷目から、瓦版の記事の下のあたりに、この一家を見かけた人は、ぜひ瓦版の売り子に伝えてください、重要な証言だったときは、歌舞伎にご招待しますと書いておいたんです。そしたら、かなり大勢の人たちから言ってきて」

「へえ。歌舞伎で釣ったわけか」

「一人分くらい入れてもらうってはありますので」

奉行所はたび重なる弾圧で、歌舞伎界から嫌われている。そんなことはさせてもらえないだろう。

「でも、嘘臭い話も入ってくるんじゃねえのかい?」

と、竜之助は訊いた。

「そうなんです。歌舞伎見たさに適当なことを言ってくる人はいっぱいいました。でも、女の子の髪型や、男の子の着物の柄などすべては書かないでおいたので、真偽は確かめやすかったのです」

「お佐紀ちゃん、凄いね」

　と、竜之助は、すっかり感心したものだった。

「品川だよ、文治」

　と、竜之助は言った。

「ええ、なにがあるんですかね」

「ああいう目立つ芝居みたいなことをして、品川に行く。となると、ただ、そこに親戚がいるというような話ではないよな」

「そうですよ」

「親戚なら品川の親戚とか言うだろうし、地名だけを言ったりはしねえ」

「たしかに」

「隠れ場所みたいなものがあるのかな」

「ああ、それはあり得ますね」

「あるいは、そこが集まる場所になっているか」

「それがいちばん臭いですね」

「とりあえず、行ってみるか」

そこで竜之助と文治は、品川宿にやって来た。あまり当てのない話である。

だが、品川宿といっても広い、というか長い。目黒川を挟んで北品川宿と南品川宿にわかれ、合わせると延々十六町（約千七百メートル）ほどもある。

「品川で待ち合わせをするとしたら、どこだろう？」

いま、目立つのは御殿山の下につくられた台場である。扇形の人工の島が、沖のほうまでずらっと八つほど並んでいる
だが、これはペルリが来たあとにできたもので、十年前はなかったものである。

手前の洲崎（すさき）神社は残っている。

御殿山（ごてんやま）。花見や月見でにぎわうところである。

紅葉で有名な海晏寺（かいあんじ）。

そんなところをざっと回った。

だが、ぼんやり立ち尽くすような四人家族は見当たらない。

もちろん宿の〈蜂屋〉でも訊ねた。

「お泊まりになったのは、一晩だけでした」

と、あるじは言った。

「旅立ったのかい？」

「と思いますが、鎌倉見物などかもしれませんし、行き先までは訊ねませんので」

東海道を西に行ったなら、すでに箱根山は越えているかもしれない。

すでに日もたっぷり暮れている。

今日のところは引き返すことにした。

二

ところが——。

高輪に来たあたりだった。

御用提灯が揺れて、番屋の者らしき連中が集まっている。街道筋だが、わきは大名屋敷の長い壁がつづき、もう片側は海。日が落ちれば、明かりも乏しく、急に物寂しい雰囲気になる道である。

「どうしたい？」

「あ、同心さま」

竜之助の恰好を見れば、すぐに町方だとわかる。

「辻斬りにやられたみたいなんです」

遺体が二つ倒れたままで、むしろもかぶせていない。

「なんだと」

しゃがみ込んで、遺体を確かめた。

斬られてまだそうは経っていない。

「連れかな?」

「そうみたいです」

懐に巾着(きんちゃく)があり、ずしりと重い。金は取られていないのだ。

竜之助はなんとなく嫌な感じがした。

駒込や千曲屋の殺しのつづきではないか。

だとしたら、これで殺された町人は七人。ほかにいなくなったのが、一家四人と芸者が二人。いったい何人関わっているのか。

だが、斬り口は、駒込の辻斬りや千曲屋の殺しとはまるで違う。

あの舞踏のような剣の斬り口ではない。肩から袈裟(けさ)がけに力まかせに斬った感じである。一人は前から、もう一人は後ろから背中まで斬られている。

「盗みじゃねえのか」

「やったのは着流しの若い男ですよ。浪人者みたいな」

と、近くにいた女が言った。

「あんたは？」

「品川宿で飯炊きをしてる者です。上の坂を下りてきたら、ちょうど斬り合いが始まったところで、怖くてそこの物陰に」

「浪人者？」

斬られたほうは、町人である。

旅人ではないが、身の周りのものは持っている。

一人は鉄の笛を摑んでいる。

「鉄の笛なんて初めて見たな」

と、竜之助は文治に言った。

「ええ」

「武器みたいだ」

「なんか、夜逃げでもしてきたという感じですね」

です」

文治がそう言うと、

「まさに、そんな感じでした。向こうから逃げるように急いでやって来たのです」

女はうなずいた。

「あんたはどこで見ていたんだい？」

「そこです」

と、大きな松の木の陰を指差し、恥ずかしそうにした。

わけは察しがついた。おそらく小用を足していたのだ。そこへ男たちが急に斬り合いを始めたものだから、出るに出られなくなったのだろう。

「詳しく思い出してみてくれよ」

「浪人者が二人の前に立ちはだかりました」

「ほかに人はいなかったかい？」

「ええ。あたしがいたところからは、三人しか見えませんでした」

「いきなり斬ったのか？」

「名前を呼びました」

「なんという名前？」

「忘れちまいましたよ。でも、誰と誰だな？　って確かめたみたいでした」

「ははあ」

「こう、ぺっと唾を吐きましてね。おめえら、逃がさねえぜって。向こうから来たほうの人が、なんだ、おめえは？　と訊きました。すると浪人者が、先代の目からは逃げられても、おれは逃がさねえぜと」

「おれは、と言ったんだな？」

「はい。そしたら、刀を抜いて、ずばっと」

女はそう言うと、身体をがくがくと震わせた。

「二人いっしょにかい？」

「一人斬ったあと、もう一人とはなにか話していました」

「どんな？」

「そこのとこは聞こえなかったんです。でも、刀を突きつけられ、脅されているみたいでした」

なにか白状させられたのではないか。

「笛を摑んでるよな」

まさに棒でも摑むような握り方である。

「その人は最初に斬られたほうだと思います。その人も戦うつもりだったみたいです。でも、駄目でした」

「あんたは見つからなくてよかったな」

「ええ。でも、見つかるんじゃないかと、怖いのなんのって」

女は怯え切った顔で言った。

「ここらは、たまに出るんですよね。この数年、物騒になりました」

と、町役人らしき男が言った。

「攘夷とかいう言葉はなかったかい？」

竜之助は女に訊いた。

「ええ」

「天誅とかも？」

「言ってなかったと思います」

一連の殺しと関係あるのかは、まだわからない。

そこへ、御用提灯が三つ、揺れながら近づいてきた。

「どこだ、辻斬りは？」

報せを受けた同心が駆けつけてきたのだ。提灯を持っているのは、中間二人と岡っ引きらしい。

「なんだ、福川と文治じゃねえか」

定町廻りの石川伊蔵だった。もっぱら江戸の南のほうを担当している。

「品川に調べに来た帰りにぶつかっちまって」

「じゃあ、おめえがつづきをやるか？」

「申し訳ないですが、もう目一杯でして」

「だろうな」

竜之助が駒込や千曲屋の件を担当しているのは知っているのだ。

三

調べの報告は明日早く奉行所に行ってすることにし、途中、文治と別れ、竜之助は八丁堀の役宅に急いだ。早くやよいの報告を聞きたい。
それに早く晩飯も食いたい。品川の浜風で、すっかり身体も冷えたが、まずは飯を食い、それから湯に行きたい。湯屋はもう、仕舞い湯だろう。
八丁堀の一画に入ってすぐのあたりで、
カキン。

という音がした。

ざざっ。

と、摺り足の雪駄や下駄が立てる音もしている。

剣戟がおこなわれているのだ。

暗くてよく見えない。場所を探しながら、

「どうしたい？」

大声で言った。声が動きを止めたりする。

「あ、ここです」

やよいの声ではないか。

まさか、やよいとは思わなかった。

八丁堀の内側だが、ここらは町人地である。河岸の中ほどにいた。

「おいらが相手だぜ」

刀を抜き、足元に気をつけながら坂を下りた。

「敵は二人です」

「おう」

竜之助が割って入ると、一方だけがこちらに刃を向けてきた。

横からの剣がきた。竜之助は青眼の構えのまま、すこし切っ先を立てるようにして受けた。巻き上げようとしたが、すぐに引いた。

不思議な剣である。鋭く踏み込んでこない。つねに横に逃げる気配がある。なめらかに回り込んでくる。

「ほう」

つい見てしまう。

踊るような剣。

攻め込まれる気はまるでしないが、こっちが攻めると引いていく。手間がかかりそうな剣である。

だが、早く倒さないとやよいが危ない。

風を探った。

月明かりは乏しいが、近くに常夜灯があった。

刃の葵（あおい）の紋のあるほうが上を向く。

「あっ」

敵に驚いたような気配があった。

風が鳴った。

「引けっ」

相手はいきなり駆け出した。

やよいを追い詰めたほうも逃げた。

「逃がすものか」

竜之助は追った。足の速さなら誰にも負けない。後ろからやよいもついて来ている。

「きゃあ」

前方で悲鳴が上がった。

「逃げろ！　人殺しだぞ」

女の四、五人連れらしい。男に斬られたか、突き飛ばされた。

「大丈夫か」

女たちに気を取られ、一瞬、行方を見失った。

「どこだ？」

川で水音がした。真冬の流れに飛び込んだらしい。だが、すぐに中ほどにいた舟に這い上がった。

船頭が脅され、そのまま漕ぎつづけている。

竜之助も泳ごうとしたが、

「若さま。正体はわかっています」

後ろでやよいが止めた。

――よかった。

この寒夜(かんや)に水泳ぎは勘弁してもらいたい。

四

「これから晩飯のしたくをするんじゃたいへんだ。夜鳴きそばでも食っていくか」

竜之助はやよいに言った。

八丁堀に架かる中ノ橋のたもとに、屋台が出ていた。

前にも食ったことがある。味は悪くない。

「まあ、嬉しい」

凄いごちそうでも前にしたみたいに喜んだ。たったいま危ない目に遭(あ)ったばかりだというのに、暢気(のんき)な性格である。

「夜鳴きそばなんか、喜ぶほどうまいもんじゃねえぜ」

「でも、食べてみたかったんですよ」

竜之助は屋台の前まで行き、

「なに、のせる？」

と、訊いた。台の上に天ぷらが四種類ほど並んでいる。

「いろいろあるんですね。これは？」

「イカ天だよ。それから、イモとごぼうと、かきあげもある」

「竜之助さまといっしょで」

「うん。じゃあ、イカ天とかきあげをのせてくれ」

寒空に湯気の立つそばが二つ。

視線の端を、すうっと星が流れた気がした。

「ああ、おいしい」

一口すすってやよいが言った。

「うまいかい？」

「もう、素晴らしくおいしいです」

「夜、天ぷら食うと肥るらしいぜ」

竜之助は、からかうように言った。

「平気ですよ」

「こうやって立って夜空を見ながら食うと、うめえんだよな。おいらも、やよいがつくる飯がまずかったら、しょっちゅう食って帰るんだけど」

「じゃあ、今度、庭で立ちながら食べてみましょうか」

やよいはくだらないことを言った。

「ところで、あいつらは誰だったんだい？」

「本郷からつけてきた男たちです。途中で気づいて、家を知られるのは嫌なので、まこうとしていたのです」

「なるほど」

だから、八丁堀でもこんな反対のほうにいたわけである。

「ですが、二人いて、挟み込むように追いかけてきていたので、怪我でもさせようとしていたら、意外に腕が立って」

「おい、やめろよ」

やよいは、くノ一のような修行もしていて、かなり腕が立つ。

だが、たいした武器もなしに戦うのは、やはり危険である。

「竜之助さまが助けに入らなかったら、逃げようと思っていたところでした。ありがとうございました」

「どこの連中なんだ？」

「石見浜中藩四万石です」

「石見浜中藩……」

　あまり聞かないが、方角はあの因幡や出雲のあたりのはずである。

「確かめたところ、上屋敷や中屋敷、下屋敷まで、芝から飯倉界隈にあるのですが、抱え屋敷を一つ、本郷に借りていたのです」

「なるほど」

「千坪ほどの小さな屋敷ですが、藩士の出入りはけっこう頻繁にあるみたいです」

「臭いな、そこは」

「門前に中間がいたので、いろいろ話を聞いているときも、なんとなく見られているような気配が感じられました」

「ふうむ」

「もしかしてつけて来るかもしれないと思ったら、案の定でした」

「誘ったわけか」

「ただ、話はたいしたことは聞けませんでした。斬られた者たちは、あの藩から抜けたかしたのでしょうか?」

「そうかもしれないな」

「なにか罪を犯して逃げてきたとか?」

「そこはなんとも言えねえな」

「これからどうなさるおつもりです?」

「難しいな。だが、これ以上、死人は出したくない。そういう意味では、八丁堀が睨みはじめたと報せる意味でも、やよいがしたことはよかったかもしれないな」

「ああ、よかったです。お役に立てて」

やよいは小踊りし、いまにもうたい出しそうな顔をした。

五

朝いちばんにやよいとともに北の丸にある田安徳川家に向かった。支倉辰右衛門に会うためである。石見浜中藩について、ざっと聞いておきたかった。

もちろん竜之助は直接顔を出さず、門の外まで呼んできてもらった。

「先日のつづきだが、石見ってのはどうだい？　お国訛りが」

「あ、石見がありましたな。ええ、あると思います」

「浜中藩というのがあるな」

「ええ、ございます」

「言葉はいっしょかい？」

「似ていると思います」

「どんな藩なのだろうな」

「四万石ですが、豊かな藩らしいです。江戸ではつましく暮らしていますが、国許では贅沢なものだとか」

「なぜ豊かなのだ」

「どうも江戸表には内密に、抜け荷で利益を得ているようですな」

「抜け荷？」

「幕府でも目をつけ、国許には密偵が入り込んでいるそうです」

「詳しいな」

「用人に横山秀右衛門（よこやまひでえもん）という親しい者がおりまして。ただ、このところ会っていませんでした。最近、藩主が代替わりになりましてな」

「藩主が？」

「以前の藩主もひどかったが、その倅はもっとひどいそうです」

「ほう」

「すっかりふさいでいましたっけ」

「ふうむ」

それで、十年前のことも、事情が変わってきたのかもしれない。

「若さま、石見浜中藩がどうかしましたか？」

「うむ。じつはな……」

このあいだ会ったときは、事情は説明しなかったが、今度は語っておかなければならない。もしかしたら、支倉の力も借りなければならないかもしれないのだ。町方の捕物に徳川家を持ち出すのは避けてきたが、町人の命を救うためにはやむを得ない。

ざっと説明した。

「なんと、藩士が領民を」

「おそらく逃げて来たかしたんだろうな」

「国許で悪さでもしたのですかな」

「ただ、そういう者とは思えねえんだ。皆、真面目に働いている、善良な町人たちだったんだ」

「とすると、年貢を払えなくなって逃げたとか？」

「年貢？」

竜之助はあまりぴんと来ない。

それが支倉にもわかったらしく、

「若は、武士がどうやって食べることができているか、ご存じですか？」

と、訊いた。

「給米をもらっているのだろう」

米をもらい、じっさい食べる分以外は、蔵前（くらまえ）の札差でお金に換えてもらう。買い物などはそのお金でする。

それくらいのことは、世間知らずの竜之助でもわかっている。

「その米は？」

「百姓につくってもらっている？」

「つくってもらっているのではなく、つくったものから年貢として納めさせているのです。土地は領主のものですので」

「それがどれくらいあるかで、何万石だの何十万石だのと言われているわけです。土地の広さではありませんぞ」

「なるほど。いかんな、そんなことも知らずにいるとは。おいらはなんて物を知らないのかと、反省ばっかりだ」

「若は致し方ありません。ずっと田安のお屋敷で育ち、明けても暮れても剣の稽古でしたから」

「おそらく浜中藩の領民は年貢を納められなくなったんだな」

「日照りがつづいて年貢を納められない。これを軽減してやろうとかはよくよくのことでしょう。百姓が飢えても、払わせる大名もいる」

「ひどいな」

「百姓は一揆（いっき）を起こすかというところまで追いつめられる」

「一揆はそうやって起きるのか」

「だが、成功なんてしません。たいていは制圧され、首謀者は磔（はりつけ）になる。それでもどうにか年貢を待ってもらえることもあるので、やるときもあるでしょう」

「だが、女もいる」

「それだと、一揆はせず、土地を捨てて逃げて来たのではないでしょうか」

「すると、ほかにも大勢いるわけだな」

安治一家は、江戸中に散らばったかつての仲間に危険を報せるため、瓦版に載るような騒ぎを起こしたのではないか。

六

「やよい。お師匠さまはいま、どこにおられる？」

と、竜之助は訊いた。

竜之助の師匠は、剣の師匠しかいない。柳生清四郎である。

「深川の先で、海辺新田というところに。なぜです？」

「あの奇妙な剣について訊きたいのさ」

「では、お呼びして参ります。どちらに？」

「たまには師匠にごちそうしてあげたい」

「それはお喜びになるでしょう」

「永代橋を渡ったところにうなぎ屋があったよな？」

「あります。たしか〈うな忠〉と看板が」

「そこで待っている」

半刻（約一時間）後――。

「若にごちそうしてもらえるとか」

柳生清四郎は、剣客とは思えないような笑みを浮かべてやよいと一緒にやって来た。

「なにせ同心の給金ではうなぎが精一杯で」

「とんでもない。うなぎなど何年ぶりになりますか」

じつにうまそうに食べてくれる。おごり甲斐もあるというものである。

剣客は皆、つましい飯を食べている。それは、贅沢な食事が身体を駄目にすることを知っているからだろう。

だが、たまにごちそうを食べれば、やはり嬉しいのだ。そのかわり、翌日は早く起きて、いつもより多く剣を振り回すことになるだろう。

師匠の満足げな顔を見ながら本題に入った。

「じつは訊きたいことが」

「なんでしょうか？」

「踊りのような剣と戦った。まだ、決着がついていない」

「踊りのような剣？」

「ええと……」

口では説明しにくい。

うなぎを食べ終え、三人で休む間もなく外に出た。

永代橋のたもとのわきに行き、刀は抜かずに持った恰好だけで動いた。

「地摺(じず)りの剣がこんなふうにきた」

下から剣が伸び上がるさまは、昼間こうして見ると、なるほど踊りのようである。それを竜之助はあの夜の剣戟のさなかに見て取ったのだ。

竜之助が一通りやってみせると、

「わたしの小柄(こづか)をかわす際も、こんなふうに」

と、やよいもそのしぐさをして見せた。身体を横に倒し、そのまま次の動きに移っていく。それがなんとも滑らかである。

竜之助だけでなく、やよいもちゃんと見ていた。

「たしかに面白い動きですね」

柳生清四郎は微笑んだ。

剣客は、見たことのない剣術には、敵味方関係なく興味を覚える。そういう性(さが)

である。

「流派の想像はつくかい？」

と、竜之助は訊いた。

「流派まではわかりませんが、大陸の武術にそうした動きをするものがあるかもしれません」

竜之助の動きを一通り真似てから、柳生清四郎は言った。

「やっぱり向こうの剣か」

「剣は諸刃とかではなかったですか？」

「いや、日本刀だった」

「だいぶ昔に伝わり、それがわが国で変わったという例もあります」

「ほう」

「陳元贇が尾張徳川家に伝えた武術も、かなり変化したといいますし」

「石見あたりにそうした剣が伝わったということは考えられるか」

「それはあります。出雲、石見、あのあたりは、海流を知り尽くした船乗りだと、たちまち往復できるそうです」

「これで、ほぼ決まりだな」

竜之助はやよいにそう言うと、

「では、また」

師匠に別れを告げた。

「若。よろしいのですか？」

「なにが？」

「この剣との戦い方は？」

「ああ。おいら、やっぱり剣は、踊っては駄目だと思うぜ」

竜之助がそう言うと、柳生清四郎は微笑んでうなずいた。

七

やよいとも途中で別れ、この日初めて奉行所に入ると、昨日、高輪で会った石川伊蔵が、

「おい、福川。昨夜、殺された二人の身元がわかったぜ」

と、声をかけてきた。

「教えてください」

「麻布に住む船頭だった。陽に焼けて、手のひらに櫓（ろ）を漕ぐような豆ができてい

たので、そうかと思ったんだが、持っていた手ぬぐいが麻布の料亭のもので、訊いたらわかったんだ。二人とも、あのあたりの料亭の客を乗せていたらしい」

「江戸っ子ですか？」

「違う。どうも、十年前に江戸に出て来たらしいぜ」

「ああ」

竜之助は顔をしかめた。

「どうした？」

「また、やられました」

「なんだよ、またってのは？」

「駒込の辻斬りといっしょです。いま、おいらたちが調べている件です」

「ほんとか？」

「間違いありませんよ」

「なんだって、次から次に」

「わかりません」

「どこかの藩士が下手人らしいって聞いたぜ」

「それはそうなんですが」

まだ、わからないことだらけである。高輪の二人の斬り口と、駒込や千曲屋の斬り口はまったく違っていた。昨夜、やよいを襲った二人の剣は、駒込や千曲屋のものと同じだろう。

やはり、大勢の下手人のしわざなのか。

「今度は、浪人者に頼んだのか？」

「さあ」

そうかもしれない。自分たちの近くまで町方の調べが迫っていることに勘づいたのだろう。

「あのあたりの浪人者を当たっている」

「はい」

「ただ、攘夷浪人がうろうろするところだ。調べるにはちっと手間がかかるが、いま、やってるところだ」

「なにかわかったら教えてください」

あのあたりには異人たちが宿舎にした東禅寺（とうぜんじ）があったりして、とんでもないことが起きる恐れもある。

この殺しには、もう少し人員をくり出すべきではないか。

——人手が足りない。

そう思ったとき、

「福川、どうだ？」

「だいぶ目途はついたか？」

矢崎と戸山が声をかけてきた。

「あれ？　お二人とも出ていらしてたのですか？　無理はなさらないほうが」

「馬鹿。家になんかいられたものか。うるさくてゆっくり寝ることもできねえんだ」

「おれなんか、ずっと耳元で女房が叱咤激励だぞ」

「福川も早く嫁をもらえ」

「ああ、そうだ。そうしたら、家で寝ていろなんて残酷なことも言えなくなるから」

矢崎はぐったりと壁にもたれ、戸山はまだ戸板にのったまま、竜之助を恨めしそうに見ている。

八

「お奉行」

竜之助は、人けがないのを見計らって、奉行の執務する部屋を訪ねた。

「おう、福川」

師走になって、町奉行が替わったばかりである。

井上信濃守清直。

ごつい顔で、いわゆるブ男である。近ごろ入ってきた西洋の犬のなかに、そっくりの顔をしたのがいる。

豪胆ぶりのほうはよくその顔に表れているが、じつは見かけによらず頭も切れる。前奉行の小栗忠順も井上を信頼し、竜之助については、ひそかに申し渡しもなされていた。

「ご相談が」

「うむ。では、私邸のほうに参れ」

奉行所の裏手の私邸に行くと、何人かが会釈した。

井上家の家来とは、与力のほうはすでに挨拶が済んだらしいが、同心たちはまだ正式に挨拶していない。

だが、奥女中には見覚えがある者もいる。こちらは、勝手がわからないと困るので、もともと奉行所に勤める奥女中たちなのだろう。

その奥女中たちが竜之助を見ると、なんとなくざわつく気配が起きた。

「いいな、美男は」

と、井上は笑いながら言った。

「は？」

「女たちがどよめいている」

「どよめくだなんて」

それは大げさだろう。

「それで、どうした？」

「じつは……」

本来なら、上司の矢崎ともども与力に報告し、与力から相談すべきことである。

もちろん、あとからそういう手順は踏まれるだろう。

ただ、今度のことは相手が大名家ゆえ、竜之助の内実が引っかかる可能性がある。それで、あらかじめ相談しておくことにした。

「石見浜中藩か。藩主がひどいらしいな」

「ご存じでしたか」

「ああ」

「どんなふうにひどいのでしょう?」

「わしも詳しくはわからぬ。ただ、お城の会議で、こんな時代だから藩主にもいろいろ仕事をしてもらいたいという話が出たとき、石見の浜中藩主はひどいということは数人が言っていたな」

「まさか、藩主が直接からんでいることはないでしょうが」

「わからんぞ」

「え?」

「その藩主は、前に吉原で喧嘩をしたり、人殺しまでしたという噂があるらしい」

「なんと」

「歴代の町奉行にも、若いうちはずいぶん悪かったという人はいたが、いずれも下情に通じた名奉行だった。その藩主も下々の気持ちがわかる藩主にもなれるはずなのに、ひどいらしいな」

「そうでしたか」

「だったら、むしろ出て来てもらったほうがいい」

「ははあ」

「現場でひっくくればよい」

「よろしいので」

「かまわぬさ。われらの仕事は町人の命を守ることだ。まず、それを貫かなかったら、奉行所なんかなくなっても仕方がない」

なんとも頼もしい言葉ではないか。

「存分にやらせていただきます」

竜之助はきっぱりと言った。

「なるほど、それでか」

と、奉行はうなずいた。

「なにか？」

「今日、出入りの商人から同心福川竜之助の身分を問われた」

「商人が？」

「誰かに頼まれたような口ぶりだった」

「ははあ」

「むろん、適当なことを言っておいた。ここで知る者はわたし一人だけ」

「はい」

「だが、田安家の内部となると、どうしたって支倉さまお一人だけというわけにはいかぬはず」

「それはそうです」

なにせ、屋敷にいるはずの者が、いつもいないのである。竜之助はどこかと問い質(ただ)されるし、支倉も白状せざるを得ない。だが、支倉がどうにか押し切ってくれているのだ。

そうしたやりとりから、少しずつ洩(も)れていくのはいかんともしがたい。

「その筋から調べられたら、ご身分を知られてしまう」

「でしょうな」

「お気をつけあそばされて」

と、井上は最後、丁寧な口調になって言った。

だが、自分のことなど気にしていたら、同心はろくな仕事ができない。そういうものなのである。

九

同じころ――。

「殿。ようやく正体がわかりました」

と、家来は這いつくばったままで言った。

家来は二人いるが、話をするのは、もっぱら歳上のほうである。

家来たちは、顔を上げようにも上げられない。目の前に布団が敷いてあり、殿と呼ばれた男はその中で奥女中と抱き合っているのだ。

石見浜中藩の藩主、松平蟹松（かにまつ）である。まだ二十二と若い。

「正体だと？」

蟹松は、女の乳房の上にあった顔をこちらに向けた。

「先日、抱え屋敷を調べていた女のあとを追ったとき現われた、葵のご紋を入れた刀の持ち主であります」

「ああ、なんか言ってたな。それで誰だったんだ？」

「田安徳川家の竜之助さまでした」

「徳川竜之助？」

「はい。驚きました」

「おめえ、町方の同心と言わなかったか？」

「申し上げました」

「なんで徳川の人間が、町方の同心なんかやってんだよ？」

蟹松は身を起こし、布団の上であぐらをかいた。もちろん素っ裸である。

「磨き上げた剣の腕で、悪を懲らしめ、江戸の町人を守りたいというたっての願いで、わがままを通しているとのことです。もちろんこれは極秘のこと。奉行所では、知っているのは奉行だけのようです」

「馬鹿か、その野郎は？」

「いや、徳川家の若君を馬鹿というのは、ちょっと」

「ちょっと、なんだよ？」

「まずいです。なにせ、殿の名字も松平、当家は御一門にございますぞ」

「それがどうした。徳川家にだって馬鹿は生まれるし、もちろん松平にもな」

蟹松は自分を指差して笑った。いちおう諧謔（かいぎゃく）の精神くらいはあるらしい。

「ははっ」

「要するに同心ごっこをやってんだろう？」

「だが、捕物の腕はかなりのもので、まだ見習いなのですが、すでにいくつも手柄を立てているそうです」

「手柄？　町方ってのも馬鹿ばっかだからな。江戸中のやくざに、陰で馬鹿にされてるのを知らねえんだよ」

「さようですか」

「磨き上げた剣の腕って、強いのかよ」

「はい。この前も申し上げました、伝説の葵新陰流最強の秘剣〈風鳴の剣〉は、この方に伝授されたようです」

「風鳴の剣てえのはどういう剣だ？」

「剣客たちのあいだでは、かねてから噂はありました。将軍家に伝わる最強の秘剣と。ただし、どのような剣であるかは、立ち合ってそれを破った者がいないため、まったく知るよしもないとか」

「けっ、けけけ。笑わせるよなあ」

　松平蟹松は笑いながら、ひっくり返り、ついでに露わになっていた奥女中の尻を、ぱしっと叩いた。

「最強の剣だとよ。ひっひっひっ、おめえにはこのあいだも言ったよな。最強の剣てえのは、やくざの剣術なんだって」

「うかがいました」

「おめえ、おれの言ったことを信じていねえのか?」

「いえ、信じております」

「徳川竜之助か。ぶっ殺してやろうじゃねえか」

「しかし、徳川家の方を」

「徳川家の方って、隠してやってんだろうが」

「それはそうです」

「だったら、知らねえってことでやればいいだろうよ」

「それにしても」

「おれがじかにやりてえな」

「それはいけませぬ」

「殿は昨夜の高輪の辻斬りでも見られていたかもしれませんし」

「しくじったと言うのかよ。おれがやって、脅したから、やつらの集合するところもわかったんじゃねえか」

「はい」

「いままで、やつらの動きも摑めずにきたくせに、おれに説教垂れる気かよ？」

「そんな滅相もない。ただ、殿の危険を」

「おれの危険じゃねえ。おめえらの保身だ」

「そ、それは」

二人の家来は顔を見合わせた。

あまりの言いようではないか。

今度の殺しも、蟹松の命を受け、嫌々始めたことだったのである。あの村に伝わる不思議な剣技は、藩士にも学ぶ者がいて、その剣を遣う者が刺客に選ばれたのだった。むろん、これは内密のことである。

「やかましい。てめえらにがたがた言われるのはでえっきれえなんだ」

「はは」

ぺっと畳の上に唾を吐いた。なんとも品のないふるまいではないか。

「おう。やくざの剣術が最高だってのを疑ってるんだろ？」

「いえ」

「試しに相手をしてやろうか」

「それはいけません」

「ドジばっかり踏みやがって。一人は斬り殺され、一人は怪我して逃げて来た。しかも、町方なんぞに嗅ぎつけられているようじゃ、やくざ以下だろうが」

「ううっ」

家来の一人は、晒しを巻いた腕を押さえた。ろうそく問屋のあるじと手代には、かなり激しく抵抗されたのだ。

「尻尾を摑まれたんだろ」

「証拠はいっさい残していないはずなのですが」

「じゃあ、なんで抱え屋敷まで調べられたんだよ？」

「不思議です」

「不思議ですじゃねえ。ほら、抜け」

蟹松は刀を抜き、切っ先を片方の家来の喉元に近づけた。

「殿に対してそのようなことは」

「ばぁか。そういうくだらねえことを言ってるから、徳川幕府も落ち目になるんじゃねえか。相手してやるって言ってんだから、相手をしろ」

そう言ったかと思うと、いきなり斬りつけた。

「うわっ」

家来は慌てて後ろにひっくり返った。

もう一人もさすがに憮然とした面持ちである。

「殿と思わず、やくざを叩っ斬るつもりでやらせてもらいますぞ」

ついに家来は刀に手をかけた。

「同じく。殿の命令を聞きつづけていたら、藩はつぶれます」

と、もう一人も覚悟を決めたらしい。

「おうおう、そうだぜ。遠慮なくかかって来いや」

言いながら、蟹松は素っ裸のまま、座敷を転がった。

「あっ」

思いがけない動きである。

二人の家来が次の動きをためらったとき、蟹松は刀を下から振り回した。

「ああっ」

「ううっ」

二人の足が断ち斬られた。

たまらずひっくり返ったところに、立ち上がった蟹松の突きが繰り出される。

二人の家来はたちまち絶命。

「へっへっへ。これで、下手人の口もふさいだぜ」

「でも、殿……」

唖然(あぜん)としてなりゆきを見ていた奥女中が訊いた。

「まだ、逃げた村人は大勢いるんでしょう？　この者たちを成敗してよかったんですか？」

「かまわねえよ。だいたいお上品な藩士なんてのは使えねえ。おめえ、おれの生まれ育ちは知ってんだろ？」

「いちおうは」

「実家のおやじに頼むんだよ。喜んでやってくれるぜ」

藩主松平蟹松は、涎(よだれ)を垂らさんばかりの嬉しそうな顔で言った。

第五章　無頼の剣

一

翌朝——。

昨夜は奉行と与力数名とのあいだで話し合いがあったらしく、

「緊急に動くことがある」

と、市中取締り係の与力・佐野十三郎（さのじゅうざぶろう）から同心たちに声がかかった。

「このところつづけざまに起きている殺しについて、石見浜中藩の藩士が関わっている疑いが出てきた」

「石見浜中藩？」

同心の何人かは首をかしげた。そう知られている藩ではない。ただ、四万石あるので、けっして小藩ではない。

「どうも、藩内のもめごとで逃げ出した領民が殺されているらしい。だが、いくら他藩のこととはいえ、江戸で人殺しがおこなわれるのを見過ごしにはできぬ。そこで、これ以上、人殺しをさせないためにも、浜中藩の動きを見張ることにした」

「はい」

竜之助はうなずいた。

真っ当な処置だろう。江戸で十年、真面目に暮らしてきた人たちである。江戸の町人たちとして守ってやるべきである。

「浜中藩の江戸藩邸は？」

と、佐野十三郎は矢崎三五郎を見た。

「はい。本郷に抱え屋敷を持っていましたが、どうも昨日のうちに藩士はすべて引き払った模様です」

これは、ついさっき、矢崎が動かした岡っ引きがもたらした報告だった。

「では、そこは外そう」

「あとは、芝増上寺（ぞうじょうじ）裏手に上屋敷、麻布二ノ橋近くに中屋敷、そして高輪の街道からすこし奥に入ったところに下屋敷があります」

「それぞれを同心が二、三名ずつで見張ってくれ。動きがあればあとをつけ、狼藉に及ぶようであれば、現場にてひっ捕らえよ」

与力の佐野もこの見張りに加わり、上屋敷を見張ることになった。

「佐野さま、おいらも」

「わたしもぜひ」

矢崎と戸山も寝ていられない。

竜之助が見るに、直接は言いにくいが、明らかに邪魔なだけである。だが、なんとしても現場に行くと言い張った。

「おいらの家では、十人の子どもらが、父上、頑張ってきてくださいと、門まで送ってくれまして」

「わたしの妻などは、死んでもご奉公なさいませと、腹巻に〈決死〉の文字を書いて送り出したのです」

必死で情に訴えた。

「ううむ、そこまで言うなら」

と、与力の佐野も同情してしまう。

「浜中藩の中屋敷は、舟を利用しやすくなっています。わたしは、中屋敷が臭いと睨みましたので、そちらへ向かいます」

戸山は戸板に乗ったまま、麻布二ノ橋へ向かうことにした。

「戸山。そなた、それで行くのか？」

与力は呆れて訊いた。

「はい。運ぶのは、わたしが自費で雇った者たちですので、経費のことはご心配なく」

「いや、それはともかく、戸板に寝たまま、どうやって見張るのだ？」

「寝転んでは見張ることはできぬので、身体を縄で戸板に縛って固定し、それを立てかけるようにしてもらいます」

「それじゃ、お前、『四谷怪談』の戸板返しだろうが」

川に流されたお岩が戸板に乗って現われるのだ。

「あ、はは。なるほど」

「あ、ははじゃないよ。通りかかる人も怖がるし、目立つし、見張りにはならぬ。やめておけ」

「佐野さま。ここはわたしの正念場。そば屋の二階でも貸し切って、そこから見張ります。もちろん自費で。ですから、なにとぞ」

佐野が呆れるのを尻目に、戸板に乗ったまま、出て行ってしまった。

「福川、おめえはどうする？」

と、矢崎が訊いた。

「おいらは品川に近い下屋敷を見張ります」

「では、おれもそっちに行く」

「でも、矢崎さん、見張りですから座りっぱなしとはいきませんよ。こちらで待機なさったほうが」

「馬鹿野郎。そうはいくものか。道端に座りっぱなしの者などいくらでもいるだろうが」

「え、こつじきに化けるのですか？」

竜之助は驚いて訊いた。戸山に刺激されたこともあるのだろうが、なかなかの覚悟である。

「馬鹿。ほかにいくらもあるだろうが。道具屋に化けて座り込む。文治にも、道具屋が売るようなガラクタを集めてくるように言ってくれ」

矢崎はそう言うと、よたよたとした足取りで変装用の衣装がある小部屋に入って行った。

二

飽きたというわりには、さっきまで女と布団の中にいたのである。

と、浜中藩の藩主松平蟹松は言った。

「女も飽きたな」

「……………」

こうした言葉を、家臣は諫めることもできない。腕の立つ家臣二人が成敗されたのも知っているからなおさらである。

本来であれば、学問をすべきだろう。なにせこの藩主は無筆である。幼いときから机の前に座るなどということはしたことがない。もしかしたら、文字というものがあることすら、わかっていないかもしれない。

登城した際、名を記したりすることもあるはずなのだが、どうしているのか。

どうやら、怪我をしたので書いてくれということで乗り切っているらしい。

だが、いつまでも怪我が治らないというのはおかしいだろう。

唯一、上屋敷にいる用人の横山秀右衛門なら、「殿。学問をなさいませ」と、言えるかもしれない。だが、聞く耳を持たないのはわかり切っている。それどころか、無礼討ちすらしかねない。

「もはや、あれしか」

と、ある覚悟をちらつかす藩士もいるにはいる。むろん、暗殺である。それを皆で病死ということでごまかし、ほかの藩主を立てる。犬猫だって、蟹松よりはましである。

だが、まずは横山秀右衛門と相談しなければならないだろう。

退屈したらしい松平蟹松は、

「馬にでも乗るか」

と、言い出した。

この下屋敷は五千坪ほどあり、塀に沿って馬場もつくられてある。途中、直角に曲がるところはあるが、一周すると四町（約四百四十メートル）ほどの距離があり、乗りごたえはある。

「馬でございますか」

「だが、ただ馬に乗っても面白くねえよな」

「なにをなさるので？」

家来は怯えたように訊いた。じっさいこの藩主は、なにを言い出すかわからないのである。

「前に、馬が引く荷車を暴走させたことがあるんだ。面白えなんてもんじゃねえ。速いものってのは気持ちいいものなんだ」

「はあ」

「荷車くらいあるだろう？」

「それはまあ」

「馬場から馬を二頭と、それと荷車を出し、つないでおいてくれ」

嫌な予感がしたが、家来も聞きいれないわけにはいかない。

さっそく馬場に、馬二頭につながれた荷車が用意された。

「この荷台に乗ってよ。馬を全力で駆けさせるんだ」

「誰がそんなことを？」

蟹松は訊ねた五十がらみの家来を指差して、

「お、ま、え」

と、意地悪そうに笑って言った。

「わたしがですか？」

「なに怖がってんだよ。おめえだ。早くやれ」

「えっ」

家来は無理やり乗せられた。

荷車は二輪で、安定が悪い。しかも、摑まるところはなく、手綱を持つだけである。

「ほら、走らせろ」

馬場のわきで松平蟹松が怒鳴った。

家来は仕方なく一周してきたが、

「なんだよ、てれてれ走らせやがって。百姓が肥やしの桶を運んでるんじゃねえんだぞ。それでも武士かよ。振り落とされるんじゃねえかってくらいもっと走らせなきゃ面白くねえだろ」

「は」

「貸せ。おれが手本を示してやるぜ」

蟹松自らが乗り込んだ。

誰も止めない。こうなれば、転落し、一命を落としてくれることを望んでいる。

「それっ」

蟹松はいきなり鞭(むち)をくれた。

二頭の馬が疾走する。荷車が飛び跳ねているように見える。

「うっひゃっひゃあああ、面白え！」

恐怖という感覚が欠如しているとしか思えない。

直線を走り切ると、大きく曲がる。

荷車が傾いたかと思ったら、松平蟹松がごろごろっと転がり落ちた。

「あっ、殿」

家来たちが駆け出してそばに寄った。もちろん、心配してではない。打ちどころが悪くて、命を落としてくれたらと願いながらである。

「大丈夫だよ。面白え」

下手すれば、大怪我をしていてもおかしくないのに、嬉しそうである。

「ご無事でなにより」

家来の声に落胆がにじみ出る。

と、そこへ――。

あらたに家来が駆けつけてきた。

「殿！」

「なんだ？」

「外を怪しげな連中が見張っています。変装はしていますが、どうやら町方のようです」

「町方かよ」

「なにか、町方に疑われるようなことは？」

「だから、十年前に藩から逃げたという村のやつらがいたんだろ」

「ああ、はい。鱒川村(ますかわむら)の村民たちのことですな」

「そういうのは成敗しなくちゃいけねえだろうが」

「誰がそのようなことを？」

じつは、十年経っているし、もう追跡は終わりにしようという暗黙の了解ができつつあったのだ。それをこの殿に教えるとは、藪蛇(やぶへび)以外の何物でもない。

「誰がじゃねえ。やくざだって、親分の縄張りを抜け、ほかの親分の縄張りで稼いでいたら、それは追いかけてってぶっ殺すだろうが」

「それは、やくざの」

「武士もいっしょだ。武士もやくざも根はいっしょだって、うちのおやじも言ってたんだよ」

「なんという」

蟹松が言った「おやじ」は、実父の先代のことなのか。先代もひどかったが、そこまでは言わないはずである。

「長いこと探して、ずっと見つからなかったんだけど、ここんとこ連中も油断したらしく、ちょろちょろ居場所がわかってきたのさ。それで、おれの周りにいた三人に命じて、そいつらを殺させていたんだよ」

「そ、そうだったので」

初めて聞いた家来たちは仰天した。

いちおう、蟹松は身近な家来を秘密裡に動かしてきたらしい。なにも考えていないようで、悪事に関してだけは知恵が働くのか。

「ところが、あいつらの仕事はかったるくてよ」

「あの三人は舞踏剣の遣い手ですぞ」

「ばあか。一人は戦って斬られたんだぜ」

「そうだったのですか。なにせ、鱒川村の者たちも子どものときから舞踏剣を学んでいますので、手強かったのだと思います」

「なにが舞踏剣だよ。あいつらはほんとに使えなかったぜ。ろくに始末もできねえうえに、町方に尻尾を摑まれたりしてるんだ。いまも、それで来てるんだろう」

「そういうことでしたか」

家来たちは愕然として声もない。

たしかに、藩内のことには幕府も首を突っ込むことはできない。だが、ここは江戸である。江戸の町中で好き勝手にはやれるわけがない。

「まあ、町方があいつらのことでなんか言ってきたら、殿が成敗したと言ってやれ」

「それでことが済むとは……」

おそらく大目付あたりから問い合わせがあるだろう。藩主がこれでは、どんな判断が下されるか。

「おれは出かけるぜ」

蟹松は用を思い出したらしい。

「どちらに？」

「品川だよ」

「供は？」

「供なんざいらねえ。足手まといになるだけだ」

「今日はお出かけにはならないほうがよろしいかと。町方も見張っていることですし」

大方、品川宿の女郎屋にでも行くのだろうが、そこでもまた、どんな悪い評判をつくってくるかわからない。

「いや、行くよ」

「女郎でしたら、屋敷の中に十人もいるではありませんか」

気取った奥女中だけだと面白くないというので、品川の女郎屋から十人も落籍してあるのだ。これにかかった金はかなりの額になり、江戸藩邸はますます倹約しなければならなくなっている。

「女郎じゃねえ。鱒川村のやつらが、品川に集まるんだ。おれがちゃんと訊き出したんだぜ。馬鹿な家来はそんなことさえ摑めなかったんだ」

「まさか、村民を？」

「まとめて全員ぶっ殺してくるのさ」

「そ、そんな！」

「なにとぞ辛抱を！」

　家来たちは真っ青になって頭を下げる。

　だが、蟹松には、カエルの顔に小便である。

「しゃらくせえよ。町方なんぞが大名家に手出しできるわけねえだろうが」

「ですが、なにか騒ぎを起こし、現場で捕縛されますと」

「捕縛？　捕縛なんかされるか？」

「将軍のお膝元を脅かす不届き者ということで」

「へっ。屁理屈だわな。ま、いいや。気づかれねえように、抜け出して行けばいいんだろうが」

「気づかれないように？」

「ああ。それであの白いほうの馬を遠乗りにでも行くふりして、おやじの駕籠(かご)屋に運んでおいてくれ。いいな！」

　半刻（約一時間）ほどして——。

　下屋敷の門が開いた。

「おい、誰か出て来るぞ」

道具屋に扮した矢崎が、客のふりをしている仲間に言った。

「ああ、あれだな」

「福川はどこだ？」

矢崎はあたりを見て、仲間に訊いた。見習いだが、いざというときはなかなか頼りになるやつなのだ。

「さっき、誰か気になる者が通ったみたいで、あとをつけて行った」

「なんだ、いないのか。ま、いいや」

出てきたのは、若いやくざである。

「今度入り込んでバクチなど打っていたら、成敗いたすぞ」

と、藩士から蹴倒された。

だが、蹴り方には明らかな遠慮がある。

「なに、しやがる」

「黙れ。無礼者！」

そう言って藩士が立ち去ると、中間が小声で、

「申し訳ありません」

と、怯えた顔で言った。

藩主松平蟹松である。着流しに、短い刀を一本差して、いかにもそれらしい。

これほど堂に入った変装もめずらしい。

藩士や中間の下手な芝居も、この蟹松の本物ぶりで帳消しになった。

「けっ」

松平蟹松が立ち去ろうとするところへ、

「待て」

奉行所の者が周囲を囲んだ。

「なんですかい？」

「おめえ、誰だ？」

ちょっと離れたところから、茣蓙に座ったままの矢崎が訊いた。

「やかましい。がらくた屋が偉そうにぬかすな！」

蟹松は矢崎に怒鳴った。

「馬鹿者、これは変装だ。わしは南町奉行所同心、矢崎三五郎だ！」

と、十手を見せた。

「ちっ。けちな変装しやがって」

と、蟹松は小声で言ってから、

「お見かけどおりのけちなやくざでござんす」

いかにも卑屈な笑みを浮かべた。

このあたりは、芝居なのか、身についたものなのか、蟹松は自分でも区別がつかないくらいである。

「名前は？」

やくざはわざわざ着物を脱いで、背中の彫物を見せた。

裸の弁天が鎮座していた。だが、やけに色っぽい弁天さまである。すなわち品はよろしくない。

「弁天の松と申します」

まさか大名家に仕える者がこんな彫物をしているわけがない。

「行け」

と、矢崎は顎をしゃくるようにした。

三

そのころ――。
田安徳川家の屋敷に、

「用人の支倉さまにお会いしたい」

と、突然の客がやって来た。

幸い支倉は屋敷にいて、客は誰かと問うと、

「石見浜中藩の用人で横山秀右衛門」

だという。すぐに客間に通させた。

「これは横山どの。おひさしぶりだ」

「ふいに伺いまして、申し訳ありません、じつはさんざん悩み抜きまして」

横山はひどく憔悴（しょうすい）している。

薄々訳は知っているが、

「どんな悩みかな？」

と、支倉はとぼけて訊いた。

「藩主松平蟹松さまのことでござる」

「蟹松さまとおっしゃったか」

「この蟹松さまが本当にどうしようもないやくざになってしまいまして」

「まあ、われわれの歳になると、若い者は皆、ぐれたように見えるものですのでな」

支倉はそう言って慰めた。一時期、竜之助のことも、「ぐれたのではないか」と心配していたのである。

「そうではなく、本物のやくざなのです」

「どういうことかな？」

「恥を忍んで申し上げるが、当代の殿は変わった育ちをなさったのです」

「どんな？」

「やくざに育てられました」

「そんな馬鹿な」

支倉は思わず叫んだ。

「誰も信じられない話だと思いますが、これは本当なのです」

「いったいどういうことで？」

驚くべき話を聞かされた。

「先代の義英(よしひで)さまがあの下屋敷に来ておられたとき目をつけたのが、化け猫千太(せんた)と綽名(あだな)されている地元のやくざの娘だったのです」

「化け猫千太？」

支倉は思わず噴いた。

「やくざのくせに猫が好きで、ときどき夜中に化け猫と遊んでいるという噂からきたらしいです。ただ、綽名が頓馬（とんま）なわりには、あのあたりじゃたいそうな羽振りで、駕籠屋をやりながら品川宿で女郎屋を何軒も持ち、賭場を仕切り、表向きの駕籠屋のほうでも雲助（くもすけ）まがいで稼がせているという男でして」

「ほう」

「子分も百人以上いるという大物です」

「その娘がな」

「ええ。器量だけはよかったのです。また、仔猫みたいなそぶりもしてましたし」

「まだ、存命なのか？」

「いえ、あまりの品の悪さに先代も呆（あき）れ果て、屋敷を出されたのですが、次にくっついた男と喧嘩になり、殺されてしまいました」

「それはまた、なんとも言い難いな」

「その女とのあいだにできたのが、いまの殿である蟹松さまでした」

「ははあ」

先代の義英も、評判はよくなかった。それとそうした性格の女のあいだに生まれた子となれば、それは心配だろう。

「実母が屋敷を出されたとき、蟹松さまもいっしょに里子に出されました。そのときは、すでに嫡男のほか次男、三男もおられて、まさか蟹松さまの番がくるなどとは、誰も思っていなかったのです」

「それで、あれか」

「そうです」

支倉もその話は知っている。品川沖に黒船が来たとき、兄弟三人が攘夷を叫んで突入しようとし、突入もなにも近づいた船が黒船にぶつかって砕け、三人とも溺死してしまったのである。

これは、幕府からも叱責されそうな不祥事であったため、内密にされたが、一部には伝わった話だった。

「亡くなったのは哀れだが、あまりにも短慮のふるまいだった」

「はい。あの節は、田安家のお力添えをいただきまして」

じつは、大名の倅たちの軽率なふるまいに、浜中藩取りつぶしの話も出たのだが、政情不安のおり、余計な浪人者など出すのはひかえるべきと、田安家などが反対にまわったのだった。

「それで急に蟹松さまが跡継ぎということになられ、まもなく先代も亡くなったというわけでして」

「すると、蟹松さまは……」

「実母が追い出されてからずっと、母の実家で育ちました」

「ええ。ですから、やくざなんだろう？」

「やくざとして育ったのです」

「なんということだ」

　これには、世間知もある支倉でさえ呆れた。

　たしかに数奇な運命というのはある。竜之助の母のお寅も、まさに数奇な運命を辿り、いまや有名な女スリとして巷で暮らしている。

　だが、大名の子がやくざに育てられたなどという話は聞いたことがない。

「まさか大名家にもどる日が来るなんてことは誰も予想していなかったので、化け猫千太も、自分の跡継ぎとして育てました。おもちゃ代わりにドスを与えられ、外で喧嘩をしてくれれば褒められるような暮らしですよ。また、兄君たちが短慮だったのに輪をかけて、蟹松さまの短慮ときたら」

　横山秀右衛門は頭が痛くなってきたらしく、こめかみを指で揉んだ。

「やくざと女郎たちのなかで、誰に叱られることなく、のびのびと悪くなったと言いますか」

「のびのびとか」

「けた外れの悪になってしまいました」

「だが、浜中藩はいま、江戸の町で困ったことをしでかしておろう」

「困ったことを？」

　横山は不安げな顔をした。

「そなたは知らぬのか。いま、江戸で辻斬りのような人殺しが相次いでいる。殺されているのは、どうもそなたの藩の元領民のようなのだ」

「まさか、あの件が……」

「思い当たることはあるのか？」

「じつは、十年前、国許で飢饉（ききん）があり、年貢の延長を許さなかったため、一つの村の住人が土地を捨て、江戸に出てしまったのです。先代も怒って、見つけ次第殺すなどと言っていたのですが、捜し出すのは大変ですし、うやむやになるだろうと思っていたのです。その話がどうしたはずみか、蟹松さまの耳に入ったとは聞いたのですが、まさか……」

「すでに町方がそなたの藩に目をつけているぞ」

「そうですか」

「弱ったことよの」

「だが、弱ってばかりはいられませぬ。これではわが浜中藩のお取りつぶしは必至。そうなる前に、殿には夭折していただくべきと」

「それは」

「じつは、暗殺計画が進行しています」

「であろうな」

「ただ、蟹松さまは剣が強い。まともに立ち合うと、かなう者がおりませぬ」

「やくざが？」

「自分でも豪語していますが、やくざの剣こそ最強だそうです。だが、こちらが何人犠牲になろうが、やらなければなりませぬ。もちろん、わたしも先頭に立つ所存」

「ううむ、それは」

大変なことになる。

「じつは、お別れにまいった次第」

そう言うと、いかにも無念といったように、横山秀右衛門の目から涙がこぼれ落ちた。

四

竜之助はあとを追っていた。

追っているのは、芸者のたま子とまり子である。さっき、浜中藩の下屋敷前で門の出入りを見張っていたときに、街道を南に行く二人に気づいた。

こっちの動きも大事だが、逃げる側の動きについても知らないといけない。しかも、どこかで同郷の者たちの待ち合わせがあるのではないか。

同心姿は尾行にふさわしくない。襟巻で顔を隠すようにしてはいるが、肝心なのは黒羽織に着流しという同心独特の恰好で、顔ではない。

だが、幸いなことに強い風がこっちから吹いていて、前を行く二人は後ろを振り向きたくないらしい。

長い南北の品川宿を出た。

出たところで右に折れ、高台へと上がって行く。

上からだと、見つかりやすい。

「まずいなあ」

寒いのを我慢し、羽織を脱ぎ、丸めて懐に入れた。小刀も帯の後ろに隠し、尻からげをして、にわか中間に変装した。

高台に出ると、二人はあたりを見回し、ふいになにかに気づいたらしく、右手のほうに駆け出した。

竜之助は台地に登り切らず、頭を下げるようにして右手に移動していった。

「お久しぶりです、安治さん」

「おう、元気そうだな」

「貫作(かんさく)さんも」

「豆次郎(まめじろう)だ、覚えてるか」

嬉しげな声が聞こえている。懐かしい再会が繰り広げられているらしい。

声のするあたりは、枯れてはいるが芒(すすき)などの草むらになっていて、竜之助はそっと近づいた。

松の木があり、その周りに人が集まっていた。

たま子とまり子の前には、安治一家らしき四人のほか、七、八人の男女もいた。

「あんたたちが、売れっ子芸者になってるとは聞いていたよ。すっかり垢抜けたじゃねえか」

「安治さん。お世辞は駄目ですよ」

「お世辞なんかじゃねえ」

「じつは、けっこう水が合ったみたいで。もう、田舎には帰れないかも」

たま子がちょっと気取ったしぐさをして言った。

「でも、もう十年になるんですね？」

まり子は感慨深げに言った。

「早いもんだよな」

「これで全員ですか？」

「いや、あと二十人ほど来ていて、近くに空き家を借りて、そこに集まってるんだ」

「ずいぶん殺されてしまって」

「七人もだよ」

「かわいそうに」

と、たま子とまり子は、うつむいてしばらく泣いた。

「悲しんでばかりじゃいられねえ。それで、これからのことを相談する」

「わかりました」

たま子がうなずくと、

「この子がおしまちゃん？」

と、まり子が安治の隣にいた女の子を指差した。

「ああ、やっぱり神通力はあるみたいで、今度の危険も嗅ぎとったんだが、ちっと遅かったみたいだ」

安治一行が踵を返し、ここを立ち去ろうとしたとき、

「待ってくれ」

そう言って、竜之助が姿を見せた。

「美人芸者の二人連れは、目立っていたもんでな」

「あんたは南町奉行所の……」

「ようすのいい同心さま！」

たま子とまり子が素っ頓狂な声を上げると、

「同心だって」

「町方もおれたちの敵なのか」

安治だけでなく、男たちが前に立ち、隠し持っていた刀を抜いて、戦う構えを見せた。

五

支倉辰右衛門は、やよいのところにやって来た。ときどき変装までしているが、今日はふつうである。こんなときは、様子伺いというよりは用事があるのだ。

「これは、奥女中のお蝶に頼まれていたやつだ」

なにか絹の袋に入ったものを差し出した。

「わざわざこのために？」

「そうじゃない。茶を一杯くれ」

「はい」

出された茶をいっきに飲み干し、

「じっとしていられぬ」

と、支倉は言った。

「なにか？」

「なんだか若が想像していないことが起きそうでな」

「でも、竜之助さまは、支倉さまがご心配なさるより、ずっと腕利きですよ。悪党なんかにやられるわけがありませんよ」

「それが今度のはちと変わった悪なのじゃ。若はその肝心なことを知らぬ」

「なにをです？」

「若はいま、相次いだ人殺しの下手人を追っているのだろう？」

「そうみたいです」

「それで、石見浜中藩の藩士に目をつけているのではないか？」

「よくご存じで」

「だが、動いているのは藩士というより、おそらく藩主自らだ」

「藩主が？　それはないでしょう」

「いや、それがあるのだ。なにせ、浜中藩の当代の藩主はやくざなのだ」

「は？」

「これは、喩（たと）えなどではないぞ。本物のやくざが大名になっているのだ。信じられないだろう？　わしも耳を疑った。詳しい話は道々するが、大名がやくざに育てられた。背中一面、彫物まで彫った」

「まあ」

「それを知らずにいると、不意打ちを喰らったりする」

「それはそうでしょう。今度のことも、やくざが関わるなんて予想もしていないと思いますよ」

やよいもめずらしく狼狽(ろうばい)した。

はっきりは言わなかったが、竜之助は踊るような剣に、さほど危機感を持っていない。つまり、油断する恐れがある。

「お伝えしたほうがよいか？」

「はい」

「どこに行かれた？」

「たぶん、浜中藩邸を見張っているのだと。でも、藩邸は上屋敷、中屋敷、下屋敷と、三つもありますよ」

「その藩主が入り浸っているのは、実家のそばの下屋敷らしい。高輪の、街道からもすぐのところだ」

「でしたら、舟のほうが速いですよ」

すぐ川岸に出た。

「あれを」

二丁櫓の舟を捕まえ、急がせた。

浜中藩邸まで来た。

「おや、やよいちゃん。弁当でも届けに来たのかい？」

道具屋に化けた矢崎が声をかけてきた。支倉とは面識もないので、怪訝そうにしただけである。

「竜之助さまは？」

と、やよいは訊いた。

「いねえんだよ。芸者の尻を追いかけて行ったみたいで、帰って来ねえんだ」

「芸者の尻？」

ちょっと気になったが、いまはそれどころではない。

「見張っておられるんでしょう？」

「まあな」

「誰も出て来ないんですか？」

「ああ。やくざが一人、叩き出されただけだ」

「やくざが……」

ことは動いているのだ。

矢崎はなにも知らず、ただぼんやりと、門のあたりを見つめている。

六

間口は二十間近い。これが日本橋あたりにあったら、どんなに目立つことか。

高輪の東海道沿いにある駕籠屋である。

駕籠がずらりと並び、出たり入ったりを繰り返している。

この店は、駕籠かきたちの待機場所のようなところらしい。

客が見つかるのは、品川宿か、芝の入り口にある大木戸あたりである。駕籠かきたちは空の駕籠をそこまで持って行き、客を見つけるのだ。

屋号は〈赤猫屋(あかねこや)〉とある。江戸に〈黒猫屋〉という運送屋があるが、そことはなんの関係もない。

いちおう堅気の商売ではあるが、しかしこの店に関しては、裏の危ない顔がちらちらと見えている。

なげしには槍が何本もかかっている。駕籠屋に槍が必要とは思えない。

壁には駕籠かきの名前が並び、その下にいまいる場所が書かれてある。どこにいるか、すぐにわかるようにしてあるのだろう。

だが、その中には、あまり人が行かないところが書いてあったりする。

「梅次（うめじ）　佐渡金山にて穴掘り中」

「勝平（かっぺい）　江戸所払い中」

「盛蔵（もりぞう）　小伝馬町牢屋敷に収監中」

「蛾次郎（がじろう）　石川島人足寄場で勤務中」

「猪吉（いのきち）　八丈島滞在中」

また、この駕籠屋で駕籠かきの世話をする女たちは、やけに化粧の匂いがして、尻など撫でられても、声一つ出さない。

いかにも、悪の匂いがぷんぷんする駕籠屋なのである。

浜中藩邸から出て来た若いやくざは、ここに入った。

「おやじはいるかい」

「これは、若」

六十くらいの脂ぎった男が手を上げた。人呼んで、化け猫千太。東海道でも指折りの大親分である。

おやじと呼んだが、実の祖父である。やくざの親分になるためのしつけはこの男がした。

いや、しつけと言っても、とくにはない。ただ、悪いことをしてきたときは、「よくやった。おめえはたいした悪党だ」と褒めること。それくらいである。

松平蟹松は、その大親分が、

「こいつは、とんでもねえ悪党になるぞ」

と、舌を巻いたほどの素質だった。

だから、大名家にもどることになったときはひどく落胆し、

「どうせ大名になるなら、天下を狙ってくれ」

と、頼んだらしい。

その化け猫千太が、

「いいんですかい、そんななりで出歩いたりして？」

と、嬉しそうに訊いた。どうしても大名らしい恰好をされるより、やくざっぽい姿をしているほうが嬉しいのである。

「出入りだ」

「わかりました」

「女も入れて五十人ほど斬る」

「そりゃあ、また」

「おれ一人で二、三十人は斬るから、あと二十人ばかり揃えてくれ」

化け猫千太は、たちまち子分を二十人ほど集め、

「わかりました」

「あっしもお供しますぜ」

と、外に出た。

「馬が来てましたが」

「ああ、乗っていく」

蟹松は飛び乗った。町人が江戸市中で馬に乗ることなど禁じられている。だが、蟹松はそう見えないだけで、れっきとした大名である。

すれ違う人たちが、皆、驚いて蟹松を見て行く。

「まったく、ここらも異国臭くなってきやがったな」

蟹松は、馬上から周囲を見ながら言った。

「若は攘夷派でしたか？」

と、千太が訊いた。

「当たり前だろうが。抜け荷だから儲かるんだ。開国なんかされたら儲けの種は

無くなっちまう」

「あっしらも、バクチを解禁されるとハタ迷惑なのといっしょですね」

と、千太も納得した。

ふつうなら、藩政とやくざをいっしょにするなと怒るだろうが、蟹松に顔色の変化はない。

七

「安心しろ。お前たちのことは、奉行所が守る」

竜之助がそう言うと、

「うん。この人はいい人よ」

たま子が言い、安治の娘らしい子も、竜之助をじいっと見て、

「あ、この人はあたしたちの味方」

と、うなずいた。

「あんたたちは狙われている。いまも、追っ手が探しているはずだ。追われるわけを教えてくれねえかい？」

竜之助は安治に訊いた。

「わかりました」

「国は石見だろう？」

「ええ」

「浜中藩だな？」

「そこの鱒川村というところでした」

「あんたたちの故郷だな」

「はい……」

安治は懐かしそうに視線を遠くにやり、

「鱒川村は、海辺の渓谷にある、奇妙な村なのです」

と、言った。

「どんなふうに？」

「よく、ほかの村の者からは、おめえのところは異国の民の村じゃねえのかと言われました」

「異国の民の村？」

「はい。自分でもそんな気はします。大昔に、海から流れ着いた者がおらたちの先祖だったんじゃないかって」

「どんなところが?」

「村の奥には、寺とも神社ともつかぬ祠(ほこら)があり、そこに奉納する不思議な唄と武術が伝わっていました」

「舞い踊りながら、敵と戦う剣だよな?」

「ええ」

「藩士たちも遣うよな?」

「鱒川村は過去何度か一揆を起こし、藩士を相当手こずらせたらしいんです。それで、いつごろからか、鱒川村の一揆にそなえ、藩士のほうもあの舞踏剣を学ぶようになったみたいです」

「たしかにあの剣は、異国の匂いがするなあ」

竜之助は、やよいといっしょに戦った晩のことを思い出して言った。

「それで、その鱒川村から逃げたのは、やはり飢饉かい?」

「そうです。十年前、ひどい飢饉に襲われました。海や山も近いので、米が駄目でも食べものには不足しないのですが、なにせ年貢は米で納めなければならず、できないなら米をほかの村から買ってでも納めろと言われまして」

「そりゃあひどいな」

竜之助も同情した。

「買おうと言っても金はありませんし、もう村を捨てるしかないというところまで追い詰められました」

「そりゃそうだろう」

「だが、ほかの村の者からも聞いていたのですが、浜中藩の藩主は、土地を捨てた百姓はかならず捜し出して成敗するというんです。それで迷いました」

「よく一揆という意見は出なかったね？」

「出ましたとも。ただ、その十年ほど前、やはり一揆を起こし、かなりの抵抗はしたのですが、結局は敗れてしまいました」

「そりゃあ、兵の数や武器も違うだろうしな」

「そうなんです。それで、一揆を煽動した者として、鱒川村の村役人や庄屋などが十五人も殺されました」

「なるほどな」

「あのときはお城の武士が五十人ほど戦死したそうで、向こうもたいそうな痛手だったみたいです」

「ほう。そりゃあ、戦としては勝っていたかもしれねえよ」

「あっしもそう思います。ただ、一揆で奮戦しても、しょせんは負けることになるし、そのあとも、食いものがないのに変わりはないってことを学んでいたのです」

「じゃあ？」

「逃げるしかあるまいと、皆で村を捨て、逃げ出しました。最初から江戸をめざしたわけではないのですが、大勢が行方をくらますことができるのは、江戸しかなかったんです」

「人が大勢いるところでないと、目立つしな」

「はい。だから結局、村を捨ててから半年後には江戸に入って来ていました」

「村人は何人だい？」

「女子どもも入れて五十八人でした」

「五十八人か」

それだけの数になると、宿泊場所を見つけるだけで大変だろう。

「それでも、藩は許してはくれないんです。連中は、土地を捨てて逃亡したのだ。村人を見つけ次第、すべて斬って捨てよ、という命令が下ったそうです。なにせ、藩主が厳しい人でしたので」

「江戸では、皆いっしょに暮らし、連絡を取り合ったんじゃねえのかい？」

「いえ、逆にそれだと目立つし、甘える気持ちも出るし、できるだけばらばらに暮らしていこうと。そのほうが、もし、一人見つかっても、芋蔓(いもづる)みたいに次々とってことにはなりませんでしょ」

「そうだな」

「ただ、家族もあったりするから、一人ずつというわけにはいきません。四人以上はいっしょにいないようにしようということになりました」

「でも、暮らしは大変だっただろうな」

「そりゃあ、もう」

　と、安治は唇を嚙んだ。

「だが、江戸でばらばらになるとき、再会の約束とかはしなかったのかい？」

　竜之助が訊いた。

「それはもちろんしましたよ。東海道を来て、品川の宿で別れる前、この場所で約束しました。十年後、この場所でまた会おう。それで祭りをしようってね」

「十年後か」

「今年です」

「大変だったろうな」

竜之助が思わずそう言うと、安治はいろんな思いがこみ上げてきたのか、ひとしきりうつむいて嗚咽した。

八

「とにかく十年逃げ切れば、藩も諦めるだろうと思いました。いくら藩主がしつこい性格でも、十年は待たないと。だが、次の代が、先代に輪をかけて恐ろしい人だったのです」

安治はそう言って、身体をぶるっと震わせた。

「そうなのか」

「今度の藩主はとにかく恐ろしいです。去年、前の藩主が亡くなったと聞いたときは、これで藩の追跡も完全に終わるだろうと期待したのです。跡継ぎは、短慮だが、それほど執念深い性格ではないとも聞いていましたから」

「それがなぜ?」

「なにか事故のようなことがあって、嫡男ではない倅が跡を継いだみたいなんです」

「ふうん」

「最初に駒込にいた二人組が見つかってしまいました。次が本郷のろうそく問屋〈千曲屋〉の三人でした。千曲屋のあるじにまでなっていた新右衛門は、舞踏剣の腕も立つし、今後、あっしの右腕ともなってくれるだろうと、期待していたのですが」

「というと、安治さんは、村長かなにかの家？」

「村長ではありません。村のいちばん奥にあるいわば神社の神官の家です」

「そうなのか」

「わたしの家には、ときどきものすごく勘の鋭い子が生まれるみたいです。だから、代々神官をつとめてきたのかもしれません。そして、このおしまが」

　と、わきにいた娘を指差し、

「勘が鋭いのです」

「そうか。今度の危機もいちはやく察知したんだな？」

「そうなんです。おしまは、まだ誰も斬られていないうち、なにか恐ろしいことが迫っていると予言しました。恐ろしいことがなんであるか、もちろんわたしはぴんときました」

「だから、神田の家から消えたんだな。最初に三人が逃げ、残った一人がいったん床下に隠れたあと、そっと抜け出したんだろ？」

竜之助は訊いた。

「そうです。よくおわかりで」

「うん、それでたぶん話題になることで、江戸の仲間に危険を報せたかったんじゃねえのかい？」

「それもその通りです。じつは、藩の追っ手に誰かやられたり、危機が迫ることがあれば、わたしの一家で目立つことをやる。江戸中の噂になることをやると、約束してあったんです。なにをするかは考えていなかったので、瓦版に載るようなことをするから、安治一家が話題になったら危ないと思ってくれと」

「だが、ちょっと遅れたみたいだな」

「ええ。逃げ出す途中、この子はなんだかひどく怯(おび)えたことがありました。それはいまになってみると、駒込の二人や、千曲屋の三人が襲われたときだったのです」

安治はそう言って、おしまを見た。

そのおしまが、真っ青な顔になっている。

「おしま、どうした？」

「おとっつぁん、またただよ」

　おしまの声は震えている。

「また、誰か斬られたのか？」

「ううん。そんなもんじゃないよ」

「そんなもんじゃないって？」

「恐ろしいものがいっぱいやって来る。怖いよ」

　おしまは安治にしがみついてきた。

「大丈夫だよ、おしま。もう、皆が集まって来てるんだ」

　安治がそう言うと、

「ああ、大丈夫だ。ここは国許じゃねえ。向こうだって江戸藩邸の人数しかいねえんだ。おれたちが揃ったからには、藩士にも負けることはねえよ」

　わきにいた村人がおしまに言った。

　そのやりとりを聞いた竜之助も、

「そうだよ、おしまちゃん。おいらたちも助ける。町方はもう浜中藩邸を見張っているんだぜ」

と、安心させるように言った。

すると、そこへ——。

「おーい、安治さんよ！」

新たに二人連れが、坂を上って来た。七十くらいの男に、顔が似た四十くらいの男がいっしょである。

「安治さんよ。重作と健太が殺されちまったぜ」

「おう、政二さん親子か。無事でよかった」

と、おやじのほうが言った。

「なんだって？」

「昨夜、高輪の途中で斬られたらしい」

竜之助はあれかと思った。やはり、そうだったのだ。

「だが、奇妙なんだ。斬ったのは浪人者みたいだったって」

「浪人者？」

「そいつが、逃げられると思うなよ、と言ったらしい」

「じゃあ、藩の者だろうよ」

安治も不安そうな顔をした。

「あっ、大変！　駄目だよ、おとっつぁん。早く逃げようよ。怖いよ」

おしまがまた言った。

すると、坂下からこっちに向かって、二十人近い男たちが駆け上って来るのが見えた。先頭にいるのは馬に乗っている。そいつらは、遠くからでも、獣のような荒ぶる雰囲気を発散させていた。

九

「うぉーっ。いたぞ。全員、皆殺しにしてしまえ」

馬上の男がついに上まできた。

さらにその後から、柄の悪い男たちが現われた。

「なんだ、あいつらは？」

竜之助は首をかしげ、安治に訊いた。

「さあ」

安治も首をかしげた。

「あれはどう見ても、やくざだろう」

「そうですね」

「なんでやくざが？」

疑問は解決されないままだが、とりあえず、村人を守るのが先決である。

「待て！　南町奉行所だ！」

竜之助が大声を上げて、安治たちの前に出た。

すでに黒羽織を着て、おなじみの同心姿にもどっている。

「なんで町方がいるんだ？」

「いいんですかい、蟹松さま」

などと、とまどいの声も聞こえた。

「かまわねえよ。町方は一人だけじゃねえか。叩っ殺して、そこらに埋めちまえばいいんだ」

馬上の男は物騒なことを言った。

「うぉーっ。同心ともどもぶっ殺せ！」

二十人近いやくざの群れが、ドスをかざしながら、いっきに押しかけてくる。

「よし、迎え撃て」

安治が叫ぶと、鱒川村の男たちが前に出た。皆、山登りのときに持つ杖を手にしていた。樫（かし）の棒らしい。それならドスにも充分、対抗できるはずである。

竜之助は刀を抜き放ち、峰を返した。斬ったりしたら、血脂ですぐに斬れ味が悪くなる。峰で叩き伏せるのがいちばんである。

鱒川村の男たちが戦うのを横目に見ながら、竜之助は回り込むように動いた。

「ほらほら、こっちだ」

やくざは、力まかせにドスを振り回し、叩きつけてくる。無茶苦茶な剣法だが、これはこれで手強そうである。

前に出るふりをし、すばやく体を引く。振り回したドスが空を切るのを見て、手首を打ち、引いた刀で肩甲骨を叩く。

「うわあ」

これで、もう痛みのあまり、のたうつこともできない。腰を落とし、戦いが終わるのを待つしかない。

次のやくざにはこっちから打って出た。

振り回してきたドスに峰を叩きつけた。激しい火花が飛び、ドスが折れた。先っぽが竜之助のこめかみをかすめる。

「危ねえな。もうちっと、いい刀を使えよ」

そう言いながら、胴を払った。

「ぎゃあ」

あばらの下のほうが、二、三本折れたはずである。これも痛みのあまり、転がることができない。両手をついて、肩で息を繰り返すばかり。

三人目のやくざに向かう前、鱒川村の男たちの戦いっぷりを見た。

やはり踊りのような動きをする。手を大きく広げ、着物の袖を目くらましのように使う。袖がはばたき、くるりと回ったかと思うと、棒の先がやくざの腕を打った。

ただ、こっちは数が足りない。鱒川村の男は六人しかいない。竜之助たちはおよそ三倍ほどの敵と戦っていた。

しかも、馬上にいるやくざの動きが見事で、仲間が危ういというところに突進しては、馬に後ろ蹴りをさせ、戦いを有利にしている。

「くそっ、ちっと減らすか」

竜之助はやくざの群れに突進した。

「若！」

「若さま！」

五人目のやくざを叩き伏せたとき、竜之助を呼ぶ声が耳に届いた。

爺とやよいが来ていた。

六人目のやくざに向かいながら、

「よくここがわかったな？」

と、やよいに訊いた。

「駕籠屋に訊いたんですよ。あんたたちの親分がいるところに連れてってと。こいつら表は駕籠屋、裏がやくざなんです」

「へえ、そうなのか」

たしかに、一人だけ歳のいったやくざがいる。そいつだけは後ろのほうから声をかけるだけで、あれが親分なのだろう。

「それで、なにしに来たんだい？」

「若さま。浜中藩の藩主、松平蟹松はほんとのやくざなんですよ！」

やよいが叫んだ。

「そんな馬鹿な」

思わず噴いた。冗談としても面白い。

「大名になったのは最近のことで、やくざとして生きてきた本物なんです！」

「ということは」

竜之助は馬上の男を見た。

「あいつが今度の一連の殺しの張本人か」

なるほど、いかにも凶暴な面構えである。

かがみ込んで六人目の膝を叩き、

「やい、やい、やい」

竜之助は、馬のほうに突進した。

「松平蟹松！　江戸の町人を七人も殺した罪で、神妙にお縄にかかれ！」

「なんだとぉ？」

蟹松は馬上から竜之助を睨みつけ、

「おめえ、刃をこっちに見せてみな」

と、言った。

「こうかい」

竜之助は、刃をかざすようにして、陽の光を蟹松の目に反射させた。

「ま、眩しい」

蟹松は手をかざし、視線を逸らした。

「刃がどうしたってんだ？」

「いま、見たぜ。三つ葉葵の紋をな」

「それがどうした？」

「噂に聞いたぜ。田安徳川家のお坊っちゃまが、同心ごっこをして遊んでるって。遊びはそろそろお終(しま)いにして、お屋敷へ帰(け)ぇんなよ。怪我しねえうちに」

蟹松はへらへら笑いながら言った。

十

「うるせえな。このくされ大名が。おめえこそ、能もねえのに藩主になって、領民を何人も殺すなんて悪業は許されねえぜ」

竜之助は、目一杯べらんめえ口調を駆使して言った。

「藩主が領民を殺してなにが悪い。こいつらは、土地を捨てて逃亡したんだ。そんなやつらを許していたら、国が成り立たねえだろう。徳川家だって同じなんだ。きれいごとを抜かしてるんじゃねえ」

「おめえ、最悪だな」

竜之助は怒りを込めて言った。

「そうか？」

「やくざが藩主になると、こういうふうにひどいことになる」

「ばぁか。戦国武将なんざ、皆、そんなもんだろうが。やくざといっしょ。天下盗りなんて言っても、やくざの抗争だ」

「…………」

「徳川なんざ、その親分だったんだろうが」

「…………」

そうかもしれない。こういう悪いやつに限って、制度の矛盾を鋭く突いてきたりする。

「なに、うすら気取ってんだよ。しかも、愚図愚図してるうちに、ペルリなんぞに脅されやがって、この腰抜け一家が」

「腰抜け……」

「やくざだって、あんな黒船になんかびびったりしねえぞ。さっさと戦をやって、黒船を沈めちまえばよかったんだ」

「…………」

黒船がその程度のものなら、誰も苦労はしない。

「しかも、おめえだって内緒でやってんだろ。おれをお白洲に出していいのか。おめえの正体を明らかにしちまうぜ。それとも、嘘がばれるのは嫌だから、ここで口を封じるか。てめえのためによ」

「ううっ」

たしかにこいつをお白洲に引き出すと、なにを言うかわからない。

つくづく嫌なやつである。

そのとき、

「若。遠慮は要りませぬ。あとのことはわしがなんとでもしますから、遠慮なくぶった斬っておやりなさい。藩士から領民まで、浜中藩はそれで大喜びです！」

爺が言った。

「爺。ありがとうよ」

周囲を見ると、竜之助が六人ほど数を減らしたため、だいぶ戦いやすくなったらしい。鱒川村の男たちが優位になってきたのが見てとれた。

後ろで吠えていた化け猫千太も、村人に縛られているのがわかった。

竜之助は馬の前に詰め寄った。

「やるか、徳川竜之助！」

蟹松は鞭をくれると、馬を駆け出させた。

台地を大きく一回りすると、

「うぉーっ」

凄い速さでこっちに突進してきた。

竜之助は八双に構え、馬の前に立ちはだかった。

「あぶないぞ、皆、下がれ」

土煙を巻き上げながら駆けてきた馬が、竜之助をはね飛ばすようにぎりぎりをかすめて過ぎた。

その寸前。

竜之助は斜めに除けると同時に、峰を返した剣を一旋させた。

その剣は、振り下ろしてきた蟹松の剣をはじくと同時に、胴を薙いだ。

「むふっ」

蟹松は勢いよく馬から転がり落ち、ごろごろと地面を回った。

ふつうの体力なら、これで気を失うところだろう。蟹松はそれでも立ち上がろうとしたのだから、たいしたものである。

だが、竜之助はすばやく近づくと、蟹松の首に刃を当てた。

「ひっ」

短い悲鳴が上がった。

あたりは静かになっている。鱒川村の男たちがやくざたちを全員ねじ伏せ、相手の帯をほどいて後ろ手に縛りつけていた。

そのころになってようやく、坂下から奉行所の者が上がって来たところだった。

「じゃあ、おめえを成敗させてもらうか」

竜之助は刀を立て、首を打つ姿勢になった。

「か、勘弁してくれ。ちゃんと裁きを受けさせてくれ。おめえのことはぜったい言わねえから。徳川のとの字も出さねえから。それに、裁きを受ければ、誰が村人を殺したかもわかる。あれは、うちの藩士が勝手にやったことで、おれはなんてことをしたんだと、そいつらを成敗したんだ。それはうちの藩士に聞いてくれ。嘘じゃねえとわかるから」

「じゃあ、あの村人たちはどうするんだ？」

竜之助は構えを崩さないまま訊いた。

「村人は全員許す。もう、江戸で好き勝手に暮らしてくれてかまわねえ。石見にもどってくれてもいい」

すると、後ろで村人たちが喜ぶ声がした。

「おれが馬鹿だったんだ。ただ、思いもよらず藩主になんかなっちまって、家臣たちに威を示したかったんだ。国許の領民にも、土地を守ってもらいたかったんだ。そういうふうに家老たちも教えてくれたからな。江戸に来た連中も、どうせでたらめな暮らしぶりをしてるだろうと思ったんだ。つらいからって、土地を逃げ出すようなやつらだろうって。でも、違ったってわかったよ。こんなふうに力を合わせて戦えるような人たちが、よくよくのことがなきゃあ土地も手離さねえ。それもわかったよ」

蟹松は泣いていた。泣きながら、竜之助にすがっていた。

「おれは根っからのやくざだよ。でも、幼いうちからやくざに育てられ、ほかの生き方を知らねえんだぜ。どうやってまともに生きろって言うんだよ。でも、これからは学ぶ。嘘じゃねえ。だから、助けてくれよ」

涙といっしょに鼻水も垂れ、それを袖でぬぐった。

――子どもみたいだ。

と、竜之助は思った。

竜之助の脳裡に、ふうっと長い廊下が思い浮かんだ。真っすぐで、塵一つ落ちていない、田安の屋敷の廊下だった。

竜之助はそこに立っていた。

名を呼んでいた。

「母上！」

声が反響した。廊下はさらに遠くなった気がした。その先は外の道へとつながるのかもしれない。

それでもずっとつづき、誰もおらず、竜之助の声に心から応えてくれる人もなく、一人進んで行かねばならないのだろう。

人生。

それは、なんとも心細いものだった。

——お前もいっしょか。

得体の知れないほどのつらさがこみ上げてきて、竜之助は刀を収めた。

踵を返し、歩き出す。こんなやつ、顔も見たくない。

後ろで動く気配があった。

それも予想どおりだった。

こっちを見ていた人たちのあいだに、驚きと恐怖が走るのもわかった。

竜之助は、いったん鞘に収めた刀をふたたび抜き、そのまま立ち止まっただけで、後ろも向かずに一閃させた。

「あっ」

後ろで小さな悲鳴が上がった。

しゃーっ。

という血の噴き出す音もした。

だが、まだ倒れる音はしない。

「おめえの剣の相手に、風鳴の剣なんか使えるか。勿体なくてよ」

竜之助がそう言ったとき、ようやくどさりという音がした。

腐った肉が落ちたような、嫌な音だった。

終　章　色っぽい夜

「あれ、それはなんだよ？」

と、竜之助は柱に立てかけられたものを指差した。

面倒な騒ぎも片づいて、やっと八丁堀の役宅に帰って来て、さあ、やよいのつくった晩飯をいただこうと思ったときである。

「これは三味線ですよ」

やよいは澄ました顔で言った。

「三味線というのはわかっているよ」

値段はけっこうするということも知っている。矢崎が宴会で酔っ払い、芸者の三味線を踏んで壊したとき、弁償するのにとんでもない金を取られたと言っていた。

「買ったんじゃないですよ」

「だよな」

やよいはちゃんと、同心の給金だけでやりくりしている。若さまはわがままを通していのだからと、田安家から支倉が持ってくるお金もいっさい受け取っていない。

竜之助のほうも、町民からびた一文、賄賂などももらっていない。

であれば、三味線などという贅沢なものは買えるはずがないのである。

「もらったんです」

やよいは絹の袋から三味線を取り出して、膝にのせた。たしかに革のところに

こまかい傷が見え、新品でないのはわかる。

「誰に?」

「田安家にお蝶ちゃんという奥女中がいますでしょ」

「ああ、いるな」

芸者より凄いと言われるくらい、白粉をぶ厚く塗りたくっていた女である。あ

まりにも肌を白くしているから、笑うと歯のほうがタクアンみたいに真っ黄色に

見えて、竜之助は気味が悪くて仕方がなかった。

「お蝶ちゃん、三味線が得意で、しょっちゅう新しいのに買い替えるんです。それで、このあいだまで使ってたのがいらなくなったと言ってたから、もらうことにしたんです。それを今日、支倉さまが届けてくれたんですよ」

「へえ」

爪弾(つまび)きながら、音の調子を合わせていく。それくらいのことは教えてもらったらしい。

「唄っていいものだって思いませんか、若さまは？」

「そりゃあ思うよ。色っぽい唄もいいし、調子のいい唄を聞くと楽しくなるし」

「踊りたくなったりもしますよね」

鱒川村の人たちを思い出した。いまごろは、十年ぶりの出会いで、楽しくうたい踊っていることだろう。

「でも、おいら、唄が恐ろしく下手らしいからな」

竜之助はそう言って、がっくり肩を落とした。

まさか、自分にこんな情けない欠点があるとは、いまのいままで思ってもみなかったのである。

「でも、唄って稽古すると上手になるらしいですよ」

「そうなのかい」

「若さまもあたしも、武芸ばっかり励んできて、唄なんか楽しんだことはなかったでしょ」

「そりゃそうだ」

本当に日々、武芸の稽古ばかり。喉から出るのはかけ声ばかり。唄なんて乙なものは、喉から出したことがない。

「あたしたち、うまいわけ、ありませんよ」

「まったくだよな」

「だから、若さまといっしょに稽古しようかなって思ったんです」

「おいらもかい？」

「ちょっとくらい、若い日を取り戻すみたいに」

「なるほど」

「お嫌ですか？」

「まあ、たまにならいいけどな」

なにせ、このところ、べらんめえ口調の稽古もあるし、『女にもてもて読本』

も読んでいるし、夜もけっこう忙しいのである。

「まず、最初はあの唄」

「うん、あれだろ」

やよいはうなずき、三味線を軽く弾き出した。撥は使わず、爪で糸をはじく。だから、小さな音である。

梅はまだでも　桜が咲いた
ヘビとカエルが　夫婦になった
なんもかも　それで　いいんじゃないの

あらためて聞くと、じつに能天気な唄である。なんもかも、それで、いいんじゃないの。そんな気持ちで日々を過ごすことができたら、さぞ愉快なことだろう。

「ゆっくりうたえばいいんですって」

「ゆっくりな」

やよいの後から、よちよち歩きするみたいに、唄の文句をたどった。

やよいはすっと背筋を伸ばし、軽く顎を上げるようにしてうたう。その顎から喉のあたりの線が、仔猫の尻尾みたいにかわいらしい。

しかも、背筋が伸びると、胸元がぐっと前に出て、その姿ときたら下手な芸者も顔負けの、なんとも言えない色っぽさではないか。

静かな宵である。

ちりん。

と、三味線の音色がまた粋で……。

「やよい！」

声がかすれた。

「なんですか、若さま」

やよいは艶然と微笑む。

めまいがした。

「飯だ、飯！　腹が減って、唄どころではない！」

竜之助は怒ったように言ってしまったのである。

本書は２０１３年11月に小社より刊行された作品の新装版です。

双葉文庫

か-29-61

新・若さま同心　徳川竜之助【五】

薄闇の唄〈新装版〉

2024年5月18日　第1刷発行

【著者】
風野真知雄

【発行者】
箕浦克史
【発行所】
株式会社双葉社
〒162-8540 東京都新宿区東五軒町3番28号
［電話］03-5261-4818(営業部)　03-5261-4833(編集部)
www.futabasha.co.jp(双葉社の書籍・コミックが買えます)
【印刷所】
中央精版印刷株式会社
【製本所】
中央精版印刷株式会社

【フォーマット・デザイン】
日下潤一

ISBN978-4-575-67200-8 C0193
Printed in Japan

金子成人
ごんげん長屋つれづれ帖【二】
ゆく年に
長編時代小説〈書き下ろし〉

長屋の住人で、身重のおたかが倒れてしまった。周囲の世話でなんとか快方に向かうが、亭主の国松は意外な決断を下す。落涙必至の第二弾！

金子成人
ごんげん長屋つれづれ帖【三】
望郷の譜(ふ)
長編時代小説〈書き下ろし〉

長屋の住人たちを温かく見守る彦次郎とおよしの夫婦。穏やかな笑顔の裏には、哀しい過去が秘められていた。傑作人情シリーズ第三弾！

金子成人
ごんげん長屋つれづれ帖【四】
迎(むか)え提灯(ちょうちん)
長編時代小説〈書き下ろし〉

お勝の下の娘お妙は、旗本の姫様だった⁉ 我が子に持ち上がった思いもよらぬ話に、お勝の心はかき乱されて——。人気シリーズ第四弾！

金子成人
ごんげん長屋つれづれ帖【五】
池畔(ちはん)の子
長編時代小説〈書き下ろし〉

お勝たちの向かいに住まう青物売りのお六の、とある奇妙な行為。その裏には、お六の背負う哀しい真実があった。大人気シリーズ第五弾！

金子成人
ごんげん長屋つれづれ帖【六】
菩薩(ぼさつ)の顔
長編時代小説〈書き下ろし〉

二十六夜待ちの夜空に現れた、勢至菩薩様のお姿。ありがたい出来事の陰には、遠き日の悲しい恋の物語があった。大人気シリーズ第六弾！

金子成人
ごんげん長屋つれづれ帖【七】
ゆめのはなし
長編時代小説〈書き下ろし〉

貸本屋の与之吉が貸していた本に記された『たすけて』の文字。この出来事が、思わぬ出会いを運んできて——。大人気シリーズ第七弾！

金子成人
ごんげん長屋つれづれ帖【八】
初春(はつはる)の客
長編時代小説〈書き下ろし〉

行き倒れの若い女がうわ言で口にした、お勝の娘のお琴への詫びの言葉。詳しい事情を質すべく、お勝は女のもとへ向かうのだが——。